사랑을 말할 때
우리가 이야기하는 것

WHAT WE TALK ABOUT WHEN WE TALK ABOUT LOVE
by Raymond Carver

Copyright ⓒ 1981 by Raymond Carver ; ⓒ 1989 by Tess Gallagher
Korean Translation Copyright ⓒ MUNHAKDONGNE Publishing Corp., 2005

This Korean edition is published by arrangement with
ICM through Eric Yang Agency, Seoul, Korea.
All Rights Reserved.

이 도서의 국립중앙도서관 출판시도서목록(CIP)은
e-CIP 홈페이지(http://www.nl.go.kr/cip.php)에서 이용하실 수 있습니다.
(CIP제어번호: CIP2005000135)

사랑을 말할 때
우리가 이야기하는 것

레이먼드 카버 소설 | 정영문 옮김

Raymond Carver
What We
Talk About When We Talk About
Love

문학동네

테스 갤러거에게

What We Talk About When We Talk About LOVE

차례

춤 좀 추지 그래?

　부엌에서 그는 술을 한 잔 더 따른 다음 앞마당에 놓인 침실 가구들을 바라보았다. 매트리스 커버는 벗겨져 있었고 줄무늬 시트는 양복장 위 두 베개 곁에 놓여 있었다. 그걸 제외하면 모든 게 침실에 놓여 있던 때와 아주 비슷했다. 그의 쪽 침대 옆의 작은 탁자와 독서등, 그녀 쪽 침대 옆의 작은 탁자와 독서등.

　그의 쪽, 그녀의 쪽.

　그는 위스키를 홀짝이며 그 점에 대해 생각했다.

　양복장은 침대 발치에서 몇 피트 떨어진 곳에 놓여 있었다. 그는 그날 아침에 서랍에 들어 있던 것들을 마분지 상자로 비워냈고, 마분지 상자는 거실에 두었다. 휴대용 난로는 양복장 곁에 있었다. 장식용 쿠션이 놓인 등나무 의자는 침대 발치에 있었다. 광택을 낸 알루미늄 부엌 가구는 차량 진입로 일부를 차지하고 있었다. 선물로 받은 지나치게 큰 노란 모슬린 식탁보는 테이블을 뒤덮은 채 한쪽 자락을 바닥에 늘어뜨리고 있었다. 화분에 심은 양치식물 하나가 역시 선물로 받은 은식기 상자와 전축과 함께 테이블 위에 놓여 있었다. 커피 테이블 위에 커다란 콘솔형 텔레비전*이 있었고, 몇 피트 떨어진 곳에는 소파, 의자, 스탠드가 하나씩 놓여 있었다. 책상은 차고 문 앞에 밀쳐져 있었다. 벽시계와 액자에 끼운 판화 두 점과 함께 가재 도구 몇 가지가 책상 위에 놓여 있었다. 차량 진입로에는 컵과 유리잔, 그리고 접시를 담아둔 상자가 놓여 있었는데, 내용물은 전부 신문지에 싸여 있었다. 그날 아침 그는 옷장을 비웠다. 거실에 있는 상자 세 개를 빼고는 모든 물건들이 집 밖으로 나왔다. 전기 코드를 연장해두어서 모든 것이 전원에 연결되어 있었다. 가전 제품들은 집 안에 있을 때와 다름없이 제대로 작동했다.

이따금 자동차 속도를 늦추며 쳐다보는 사람도 있었다. 하지만 누구도 차를 세우지는 않았다.

남자는 자기라 해도 역시 마찬가지였을 것이라는 생각이 들었다.

---

* 1950년대에 유행한, 캐비닛처럼 여닫이문이 달린 TV. 받침이나 탁자 없이 바닥에 바로 놓을 수 있도록 되어 있다.

"마당에서 할인 판매를 하는 것 같은데."

소녀가 소년에게 말했다.

그들은 작은 아파트에 가구를 들이고 있었다.

"침대는 얼마 달라고 하는지 보자."

소녀가 말했다.

"텔레비전도."

소년이 말했다.

소년은 차량 진입로에 들어서서 부엌 테이블 앞에 차를 세웠다.

그들은 차에서 나와 물건들을 살피기 시작했다. 소녀는 모슬린 식탁보를 만져보았고, 소년은 믹서기의 플러그를 꽂은 다음 '다지기' 쪽으로 다이얼을 돌려보았으며, 소녀는 차핑 접시*를 집어 들었고, 소년은 텔레비전을 켠 다음 조정을 좀 해보았다.

그는 텔레비전을 보려고 소파에 앉았다. 담뱃불을 붙이고 주위를 둘러본 다음, 성냥개비를 손가락으로 퉁겨 잔디밭에 버렸다.

소녀는 침대 위에 앉았다. 그녀는 신발을 벗고 드러누웠다. 그녀는 별을 볼 수도 있겠다고 생각했다.

"이리 와봐, 잭. 여기 한번 누워봐. 베개를 하나 가져와서."

소녀가 말했다.

---

* 음식 데우는 기구를 밑에 놓을 수 있도록 다리가 달린 커다란 뷔페용 접시.

"어떤데?"

"한번 누워봐."

그는 주위를 둘러보았다. 집 안은 어두웠다.

"좀 이상한데. 집에 누가 있는지 가보는 게 좋을 것 같아."

그녀는 침대 위에서 몸을 퉁겼다.

"먼저 한번 누워봐."

그녀가 말했다.

그는 침대에 누워 베개로 머리를 받쳤다.

"느낌이 어때?"

그녀가 물었다.

"튼튼한 것 같아."

그녀는 옆으로 돌아누우며 그의 얼굴에 손을 갖다댔다.

"키스해줘."

"일어나자."

"키스해줘."

그녀는 눈을 감고, 그를 안았다.

"집에 누가 있는지 볼게."

하지만 그는 그렇게 말해놓고도 그냥 일어나 앉아서, 자신이 텔레비전을 보고 있는 듯 보이게 했다.

거리 위아래에 있는 집들에 불이 들어왔다.

"재미있을 것 같지 않아? 만약에······"

소녀는 미소를 지으며 입을 열었으나 말을 끝맺지는 않았다.

소년은 웃었지만, 딱히 이유가 있었던 것은 아니었다. 아무런 이유 없이 그는 독서등을 켰다.

소녀는 모기를 쫓았고, 그러자마자 소년은 자리에서 벌떡 일어나 셔츠 자락을 바지 속에 쑤셔넣었다.

"혹시 누가 있나 볼게. 누가 있는 것 같지는 않지만. 그래도 만약 누가 있으면 물건값이 얼마나 되는지 알아볼게."

"얼마를 부르건 먼저 십 달러 깎아. 그렇게 하는 게 좋아. 그리고 이 사람들, 뭔가 절박한 상황에 처해 있는 게 분명해."

"이 텔레비전, 아주 괜찮은데."

소년이 말했다.

"얼만지 물어봐."

소녀가 말했다.

남자는 상점에서 산 물건을 담은 봉지를 들고 보도를 따라 걸어 왔다. 그는 샌드위치와 맥주, 위스키를 샀다. 그는 차량 진입로에 세워둔 차와 침대 위의 소녀를 보았다. 그는 켜져 있는 텔레비전과 현관에 서 있는 소년을 보았다.

"안녕."

남자가 소녀에게 말했다.

"침대를 봤군. 좋은 침대지."

"안녕하세요."

소녀는 몸을 일으켰다.

"어떤지 한번 보고 있었어요. 아주 좋은 침대예요."

소녀는 침대를 두드렸다.

"좋은 침대지."

남자는 봉지를 내려놓은 다음 맥주와 위스키를 꺼냈다.

"아무도 없는 줄 알았어요."

소년이 말했다.

"우리는 침대에 관심이 있어요. 어쩌면 텔레비전도요. 또 책상도요. 침대는 얼마면 될까요?"

"침대는 오십 달러는 받아야 할 것 같은데."

"사십 달러면 안 될까요?"

소녀가 물었다.

"사십 달러로 하지."

그는 상자에서 유리잔을 꺼냈다. 그는 잔을 둘러싼 신문지를 벗겼다. 그는 위스키의 봉인을 떼어냈다.

"텔레비전은요?"

소년이 물었다.

"이십오 달러."

"십오 달러면 안 될까요?"

소녀가 물었다.

"십오 달러도 괜찮아. 십오 달러 받지."

소녀는 소년을 쳐다보았다.

"애들아, 한 잔 할래? 컵은 저 상자 속에 있다. 난 좀 앉아야겠
어. 소파에 앉을게."

남자는 소파에 앉아 뒤로 기댄 다음 소년과 소녀를 지켜보았다.

소년은 유리잔 두 개를 찾아내어 위스키를 따랐다.

"그만 하면 됐어. 내 거엔 물을 좀 탔으면 좋겠는데."

그녀는 의자 하나를 끌어당겨 부엌 테이블 앞에 앉았다.

"저기 있는 수도꼭지를 틀면 물이 나와. 그걸 틀어."

남자가 말했다.

소년은 물을 탄 위스키를 들고 돌아왔다. 그는 헛기침을 하며
테이블 앞에 앉았다. 그는 미소를 지었다. 하지만 자기 잔의 술은
한 모금도 마시지 않았다.

남자는 텔레비전을 응시했다. 그는 잔을 비운 후 다시 한잔 마
시기 시작했다. 그는 팔을 뻗어 스탠드를 켰다. 그때 담배가 손가
락에서 빠져 쿠션 사이로 떨어졌다.

소녀는 자리에서 일어나 함께 그것을 찾았다.

"또 갖고 싶은 거 있어?"

소년이 소녀에게 물었다.

소년은 수표책을 꺼냈고, 생각이라도 하듯 그것을 입술에 갖다 댔다.

"책상을 갖고 싶어. 이 책상은 얼마나 하죠?"

소녀가 물었다.

남자는 순서가 뒤바뀐 질문에 손을 홰홰 내저었다.

"액수를 먼저 불러봐."

그는 테이블 앞에 앉아 있는 그들을 바라보았다. 램프 불빛에 비친 그들의 얼굴에는 무언가가 있었다. 그것은 좋은 것이면서 또한 불쾌한 것이기도 했다. 아무도 말이 없었다.

"텔레비전을 끄고 전축이나 좀 틀어야지. 이 전축도 팔 거야. 싸게. 원하는 가격을 말해봐."

그는 위스키를 좀더 따랐고 맥주를 땄다.

"다 팔 거라구."

남자가 말했다.

소녀는 잔을 내밀었고 남자는 술을 따랐다.

"고마워요. 굉장히 친절하시네요."

소녀가 말했다.

"그걸 마시면 술이 오를걸. 나도 술이 올라."

소년은 그렇게 말하면서 잔을 들어 가볍게 흔들었다.

남자는 잔을 비우고 다시 한잔 따른 다음 레코드판이 든 상자를 찾아냈다.

"골라봐."

남자는 소녀에게 레코드판을 내밀었다.

소년은 수표책을 쓰고 있었다.

"이거요."

소녀는 앨범 커버에 적힌 이름들을 알지 못했기 때문에 손에 잡히는 대로 아무거나 집어들었다. 그녀는 일어났다가 테이블 앞에 다시 앉았다. 왠지 가만히 앉아 있고 싶지 않았다.

"현금으로 계산할게요."

소년이 말했다.

"좋아."

그들은 술을 마셨다. 그들은 음악에 귀를 기울였다. 그리고 잠시 후 남자는 다른 판을 올려놓았다.

남자는 너희들 춤 좀 춰보지 그래, 하고 말하기로 마음먹고 이야기했다.

"춤 좀 추지 그래?"

"별로 내키지 않는데요."

소년이 말했다.

"춰봐. 여긴 우리 집 마당이야. 춤추고 싶으면 춰도 돼."

소년과 소녀는 서로 팔을 두르고 몸을 밀착시킨 상태로 차량 진입로를 왔다갔다했다. 그들은 춤을 추고 있었다. 레코드판이 끝나자 그들은 다시 틀었고, 판이 또 끝나자 소년은 "나 취했어"라고 말했다.

"넌 안 취했어."

소녀가 말했다.

"아냐, 난 취했어."

남자가 레코드판을 뒤집었고, 소년은 "난 취했어"라고 말했다.

소녀는 소년에게 "나랑 춤춰"라고 말했고, 다음엔 남자에게 그렇게 이야기했다. 남자가 자리에서 일어나자 그녀는 두 팔을 활짝 벌린 채 그에게 다가갔다.

"저기 저 사람들, 우릴 지켜보고 있어요."

그녀가 말했다.

"괜찮아. 여긴 내 집이니까."

"실컷 구경하게 내버려둬요."

"그래. 저들은 여기서 일어난 일을 전부 다 봤다고 생각하지. 하지만 이건 못 봤을 거야, 안 그래?"

그가 말했다.

남자는 목덜미에 와 닿는 그녀의 숨결을 느꼈다.

"침대가 마음에 들었으면 좋겠어."

그가 말했다.

소녀는 눈을 감았다가 다시 떴다. 그녀는 남자의 어깨에 얼굴을 갖다댔다. 그녀는 남자를 더 가까이 끌어당기며 말했다.

"아저씬 뭔가 절박한 상황에 처해 있는 것 같아요."

몇 주 후 그녀가 말했다.

"그 남자는 중년쯤 돼 보였어. 물건들이 전부 다 마당에 나와 있었지. 거짓말이 아냐. 우리는 잔뜩 취해서 춤을 췄어. 차량 진입로에서. 오, 맙소사. 웃지 마. 그 사람은 우리한테 이 판을 틀어줬어. 이 전축 좀 봐. 그 나이 든 남자가 준 거야. 그리고 이 시시한 레코드판도 전부. 이 쓰레기 같은 것 좀 봐."

그녀는 이야기를 계속했다. 모든 이에게 그 이야기를 했다. 이야기 속엔 그 이상의 무언가가 있었고, 그녀는 그걸 말로 끄집어내려고 애썼다. 얼마 후, 그녀는 그런 노력을 그만두었다.

뷰파인더

　

손이 없는 남자가 찾아와 나에게 우리 집이 찍힌 사진을 팔려고 했다. 크롬으로 만든 갈고리만 빼면 그는 나이 오십쯤 된 평범해 보이는 남자였다.

"손은 어쩌다 잃게 되었죠?"

그의 용건을 들은 후에 내가 물었다.

"그건 또 딴 얘기죠. 이 사진 살 거요, 말 거요?"

"안으로 들어와요. 방금 커피를 만들었으니까."

나는 방금 젤리도 만들었다. 하지만 그 말은 하지 않았다.

"화장실 좀 써도 될까요?"

손이 없는 남자가 물었다.

나는 그가 컵을 어떻게 드는지 보고 싶었다.

그가 어떻게 카메라를 드는지는 알고 있었다. 낡은 폴라로이드 카메라는 크고 검었다. 그는 어깨와 등에 둘러멘 가죽끈에 그것을 묶어두었고, 덕분에 카메라는 가슴에 안전하게 고정되어 있었다. 그가 집 앞 보도에 서서 집을 뷰파인더 안에 담은 다음, 양손 갈고리 중 하나로 레버를 누르면 사진이 튀어나왔다.

나는 창문을 통해 그것을 지켜보고 있었던 것이다.

"화장실이 어디 있다고 했죠?"

"저기, 오른쪽에요."

그는 몸을 구부리고 숙여서 끈에서 빠져나왔다. 그는 카메라를 소파 위에 올려놓고 재킷의 주름을 폈다.

"내가 없는 동안 이걸 봐도 괜찮아요."

나는 사진을 받았다.

작은 직사각형의 사진 속에는 잔디밭과 차량 진입로, 차고, 현관 계단, 뒤창, 그리고 내가 내다보던 부엌 창문이 들어 있었다.

그런데 내가 이 비극적인 사진을 원할 이유가 어디 있단 말인가?

나는 사진을 좀더 가까이 들여다보았고, 내 머리를, 부엌 창문 안의 내 머리를 보았다.

그런 식으로 자신을 보고 있노라니 생각을 하게 되었다. 단언

하건대, 이런 것을 보게 되면 생각이란 걸 하게 되는 법이다.

나는 변기 물이 내려가는 소리를 들었다. 그는 미소를 지은 채 지퍼를 올리며 거실로 돌아왔는데, 한쪽 갈고리로는 벨트를 붙잡고 다른 쪽으로는 셔츠를 바지 속에 밀어넣고 있었다.

"어떻습니까?"

그가 말했다.

"괜찮죠? 내 입으로 말하긴 뭣하지만 잘 나온 것 같군요. 내 할 일은 제대로 할 줄 안단 말이지. 인정해줘야 할 걸요. 전문적인 기술 없이는 안 되는 사진이죠."

그는 바지의 사타구니 쪽을 잡아당겼다.

"커피 드세요."

내가 말했다.

"혼자죠, 그렇죠?"

그는 거실을 바라보았다. 그는 고개를 저었다.

"힘든 일이죠. 힘든 일이고말고요."

그가 말했다.

그는 카메라 옆에 앉은 채 한숨을 내쉬며 몸을 뒤로 기대고는, 내게는 말하지 않을 작정인 무언가를 알고 있다는 듯한 미소를 지었다.

"커피 드세요."

내가 말했다.

나는 뭔가 할 말을 생각해내려고 애썼다.

"애들 세 명이 와서 내 주소를 보도의 갓돌 위에 페인트로 써주겠다고 하더군요. 그애들은 대가로 일 달러를 원했지요. 그 일에 대해서는 아는 바 없으시겠죠, 그렇죠?"

그를 떠보기 위한 말이었다. 하지만 나는 그가 꿈쩍도 않는 것을 보았다.

그는 갈고리 사이로 들고 있던 컵의 균형을 유지하며 의미심장한 태도로 몸을 기울였다. 그는 컵을 테이블 위에 내려놓았다.

"나는 혼자 일하죠. 항상 혼자였고, 앞으로도 항상 혼자일 거요. 무슨 말을 하려는 거요?"

그가 말했다.

"연관을 좀 지어볼까 했죠."

나는 머리가 아팠다. 커피는 두통에 아무 소용이 없다는 것은 알고 있지만, 그래도 젤리는 때로 도움이 되었다. 나는 사진을 집어들었다.

"나는 부엌에 있었죠. 보통은 뒤뜰에 있지만."

"뭐 항상 그렇겠죠. 그러다 보니 그애들이 왔다간 거고, 그렇죠? 그리고 지금은 날 만났으니 말인데, 난 혼자 일해요. 그래, 어쩌시겠소? 사진 살 거예요?"

"사지요."

나는 자리에서 일어나며 컵을 집어들었다.

"그러시겠죠."

그가 말했다.

"나로 말하자면, 시내에 방을 하나 빌려쓰고 있어요. 나쁘지 않은 방이죠. 난 버스를 타고 동네로 나왔다가, 그 동네에서 일이 다 끝나면 다른 시내로 옮겨갑니다. 무슨 말인지 알겠죠? 이봐요, 내게도 한때는 애들이 있었소. 당신과 마찬가지로."

나는 컵을 든 채 기다렸고, 그가 소파에서 일어나려 애쓰는 모습을 지켜보았다.

"애들 때문에 이렇게 되었소."

그가 말했다.

나는 갈고리를 자세히 보았다.

"커피를 주고, 화장실을 쓰게 해줘서 고맙소. 신세를 졌어요."

그는 갈고리를 들었다가 내렸다.

"얼마면 되겠어요? 얼마면 될지 말해봐요. 나와 우리 집 사진을 더 찍어줘요."

내가 말했다.

"소용없어요. 애들은 돌아오지 않을 테니까."

남자가 말했다.

그래도 나는 그가 끈을 매는 것을 도와주었다.

"가격을 말하죠. 세 장에 일 달러요. 더 싸게는 할 수 없어요."

그가 말했다.

우리는 밖으로 나갔다. 그는 셔터를 조정했다. 그는 내가 서 있어야 할 위치를 일러주었고, 우리는 일에 착수했다.

우리는 집 주위를 돌았다. 아주 체계적으로. 나는 때로 옆을 바라보았다. 때로는 앞을 똑바로 보았다.

"좋아요."

집 전체를 한 바퀴 돌아 다시 앞쪽으로 올 때까지 그는 계속 "좋아요" 하고 말했다.

"벌써 스무 장이에요. 이만하면 됐어요."

"아뇨. 지붕 위에서도."

내가 말했다.

"맙소사."

그는 골목 위아래를 살폈다.

"좋아요. 이제야 말이 통하는구려."

"모조리 다. 하는 김에 다 해버립시다."

나는 그렇게 말했다.

"여길 봐요!"

남자가 갈고리를 쳐들면서 외쳤다.

나는 안으로 들어가 의자 하나를 챙겨왔다. 그것을 차고 아래에 놓았지만 그래도 손이 닿지 않았다. 그래서 나는 나무상자 하나를 가져다가 의자 위에 올렸다.

지붕 위는 썩 괜찮았다.

나는 일어서서 주위를 둘러보았다. 나는 손을 흔들었고, 손이 없는 남자는 자기 갈고리를 흔들어 화답했다.

내가 그것을, 그 돌들을 본 것은 바로 그때였다. 굴뚝 구멍에 씌운 망 위에는 돌로 만든 작은 새둥지 같은 것이 있었다. 애들이란 그런 법이다. 아이들은 굴뚝 속으로 들어갈 거라고 생각하면서 그 위로 돌을 던지곤 하지 않는가.

"준비됐어요?"

나는 소리쳤다. 나는 돌 하나를 집어들었고, 그가 나를 뷰파인더 속에 담을 때까지 기다렸다.

"좋아요!"

나는 팔을 뒤로 젖힌 채로 "지금이요!" 하고 소리치며 그 망할 놈의 것을 최대한 멀리 던졌다.

나는 그가 "어떨지 모르겠네" 하고 소리치는 것을 들었다.

"나는 움직이는 피사체는 찍지 않아요."

"다시 한번!" 하고 소리치며 나는 또다른 돌을 집어들었다.

미스터 커피와 수리공 양반

나는 뭔가를 보았다. 며칠 밤 지내려고 어머니 집에 온 참이었다. 하지만 계단 꼭대기에서 안을 들여다보았을 때, 그녀는 소파에서 어떤 남자에게 키스를 하고 있었다. 때는 여름이었다. 문은 열려 있었다. 텔레비전은 켜져 있었다. 그것이 내가 본 것 중 하나다.

내 어머니는 예순다섯이다. 그녀는 독신자 클럽 소속이다. 그렇다 해도 이건 생각해보기 쉬운 일이 아니다. 나는 난간 가로대에 손을 올리고 선 채로 남자가 그녀에게 키스하는 걸 지켜보았다. 그녀는 다시 그에게 키스했고, 텔레비전은 여전히 켜져 있었다.

지금은 모든 게 나아졌다. 하지만 어머니가 바람을 피우던 그 무렵 나는 실직 상태였다. 아이들은 제정신이 아니었고, 아내 또한 제정신이 아니었다. 아내 역시 바람을 피우고 있었다. 그녀가 바람이 난 상대는 알코올 중독자 모임에서 만난 우주 항공 기술자로, 그 또한 실직 상태였다. 그 역시 제정신이 아니었다.

그의 이름은 로스였고, 아이가 여섯이었다. 그는 자신의 첫 아내가 입힌 총상 때문에 다리를 절었다.

나는 그때 우리가 무슨 생각들을 하고 있었는지 모르겠다.

남자는 둘째 아내를 만나서 헤어졌는데, 위자료를 주지 않는다고 그에게 총을 쏜 것은 첫 아내였다. 이제 나는 그의 행복을 빈다. 로스. 이름하고는! 하지만 그때는 달랐다. 당시 나는 무기를 들먹였다. 나는 아내에게 "스미스 앤드 웨슨*을 구해볼까 생각중이야" 하고 말하곤 했다. 하지만 실제로 구하려 한 적은 결코 없었다.

로스는 키가 작은 사내였다. 하지만 아주 작지는 않았다. 그는 수염을 길렀고, 항상 단추를 채우는 스웨터를 입었다.

한번은 그의 아내 중 하나가 그를 감옥에 집어넣은 적이 있었다. 둘째 아내였다. 나는 딸을 통해 내 아내가 보석금을 냈다는 사실을 알아냈다. 내 딸 멜로디는 나만큼이나 그 사실을 좋아하지 않았다. 보석금 이야기 말이다. 그렇다고 멜로디가 나에게 특별히 신경을 썼던 건 아니었다. 그녀는 제 어머니든 나든, 우리 중

---

*미국의 권총 상표명.

그 누구에게도 주의를 기울이지 않았다. 그저 돈과 관련된 심각한 문제가 좀 있었고, 얼마큼의 돈이 로스에게 갔다면 멜로디에게 갈 돈이 그만큼 줄었을 것이라는 얘기다. 그래서 로스는 멜로디의 감시 대상에 올랐다. 또한 딸은 그의 아이들과 애를 그렇게 많이 가졌다는 사실을 못마땅해했다. 하지만 대체로 멜로디는 로스가 나쁘지는 않다고 말했다.

한번은 그가 그녀의 운세를 봐준 적도 있었다.

일정한 직업이 없었던 이 로스라는 사내는 뭔가 수리하며 시간을 보냈다. 그런데 나는 그의 집 밖을 본 적이 있다. 난장판이었다. 사방이 쓰레기였다. 뜰에는 부서진 플리머스 자동차 두 대가 서 있었다.

바람이 난 첫 단계 때, 아내는 사내가 골동품 자동차를 수집한다고 주장했다. "골동품 자동차"라는 게 그녀의 표현이었다. 하지만 그것들은 고물에 지나지 않았다.

내게는 전화번호가 있었다. 이 수리공 양반의.

어쨌든 우리에게도 공통점은 있었다. 로스와 나에게는 같은 여자를 소유하고 있다는 것 이상의 공통점이 있었다. 가령, 그는 고장이 나서 화면이 안 나오는 텔레비전은 고치지 못했다. 나 역시 그걸 못 고쳤다. 텔레비전은 소리는 들렸지만 화면이 나오지 않왔다. 뉴스가 궁금하면 우리는 화면 근처에 앉아 귀를 기울였다.

로스와 머나는 머나가 더이상 술을 마시지 않으려 애쓰던 무렵에 만났다. 그녀는 일 주일에 서너 번 모임에 나가고 있었다. 나 자신은 부정기적으로 나갔다. 하지만 머나가 로스를 만나고 있을 때 나는 모임에 나가지 않았고, 하루에 다섯 번은 술을 마셨다. 머나는 모임에 나갔고, 그뒤로 수리공 양반의 집에 가서 그를 위해 요리를 하고 청소를 했다. 그런 면에서 그의 아이들은 전혀 도움이 되지 않았다. 그 집에서는 내 아내 빼고는, 누구도 손 하나 까딱 하지 않았다.

이 모든 일은 그리 오래된 건 아니고 삼 년 전쯤 일이지만 당시에는 큰일이었다.

나는 소파에 남자와 함께 있는 어머니를 남겨두고 잠시 이리저리 차를 몰고 다녔다. 집에 도착하자 머나는 내게 커피를 만들어주었다.

그녀는 내가 기다리는 동안 커피를 만들려고 부엌으로 갔고, 나는 수돗물 트는 소리를 들었다. 그리고 나는 쿠션 밑에서 술병을 꺼냈다.

나는 어쩌면 머나가 그 남자를 정말로 사랑했을 수도 있다고 생각한다. 하지만 그에게도 그런 점에서 다른 뭔가가 있었다. 비벌

리라는 이름의 스물두 살짜리 여자였다. 수리공 양반은 단추를 채우는 스웨터를 입고 다니는 키 작은 남자치고는 잘나갔다.

그가 영락하기 시작한 것은 삼십대 중반 무렵이다. 직장을 잃은 그는 술을 마시기 시작했다. 나는 기회만 있으면 그를 놀리곤 했다. 하지만 이젠 더이상 그를 놀리지 않는다.

하나님이 당신을 축복하고 지켜주시길, 수리공 양반.

그는 멜로디에게 자신이 달 로켓 발사 계획에 참가했다는 얘기를 했다. 그는 내 딸에게 자기가 우주비행사들과 가까운 친구라고 했다. 그는 그녀에게 우주비행사들이 우리 시에 오게 되면 소개시켜주겠다고도 했다.

수리공 양반이 일하던 우주항공국은 순 현대식이었다. 나는 그것을 본 적이 있다. 카페테리아의 행렬과 중역 식당과 그 밖의 것들. 모든 사무실마다 미스터 커피*가 있다.

미스터 커피와 수리공 양반.

머나는 그가 점성학과 오로라와 역경(易經) 같은 것에 관심이 있었다고 말한다. 이 로스라는 자에게도 우리가 과거에 만나던 대부분의 친구들처럼 꽤나 명민하고 재미있는 점이 있다는 것은 나도 의심하지 않는다. 나는 머나에게 만약 그가 그렇지 않았다

---

* 커피메이커 상표.

면 그녀가 그를 좋아하지도 않았을 거라고 했다.

우리 아버지는 팔 년 전 술에 취해 잠을 자다 죽었다. 금요일 정오였고, 그의 나이 마흔넷이었다. 그는 일터인 제재소에서 돌아와 냉장고에서 꺼낸 소시지를 아침 식사로 조금 먹었고, 포 로즈*를 사분의 일 쿼터가량 마셨다.

내 어머니는 부엌 테이블에 같이 앉아 있었다. 그녀는 리틀 록에 있는 언니에게 편지를 쓰고 있었다. 마침내 아버지가 자리에서 일어나 자러 갔다. 어머니는 그가 밤인사를 한 번도 한 적이 없다고 했다. 하지만 물론, 그때는 아침이었다.

"여보."

머나가 집으로 돌아온 날 밤 나는 말했다.

"잠시 끌어안고 있자고. 그러고 나서 당신이 진짜 맛있는 저녁 식사를 차려주는 거야."

머나는 "손 씻어요" 하고 대답했다.

---

* 켄터키 버번 위스키 상표명.

정자

그날 아침에 그녀는 내 배 위에 티처[*]를 부으며 그것을 핥았다. 그날 오후에는 창 밖으로 뛰어내리려 했다.

"홀리, 계속 이럴 순 없어. 더이상 이렇게 살 수는 없어."

나는 그렇게 말한다.

우리는 방이 하나 더 딸린 위층 객실 소파에 앉아 있다. 고를 수 있는 빈방은 얼마든지 있다. 하지만 우리는 방이 하나 더 있어서 주위를 돌아다니며 얘기할 수 있는 객실이 필요했다. 그래서 우리는 그날 아침 모텔 사무실을 잠근 후 방이 하나 더 있는 위층 객실로 갔다.

---

[*] 스코틀랜드 산 스카치 위스키 상표명.

"드웨인, 이러다 죽을 것 같아."

그녀는 말한다.

우리는 얼음과 물을 넣은 티처를 마시고 있다. 아침과 오후 사이에 우리는 잠시 잠을 잤다. 그런데 그녀는 침대에서 나와 속옷 차림으로 창 밖으로 뛰어내리겠다고 위협했다. 나는 그녀를 붙들어 안아야 했다. 방은 불과 이층 높이에 있다. 그렇다 하더라도 문제였다.

"진절머리가 나. 더이상은 참을 수가 없어."

그녀는 말한다.

그녀는 뺨에 손을 대고 눈을 감는다. 그녀는 머리를 앞뒤로 돌리며 허밍 음을 낸다.

그녀의 이런 모습을 보면 나는 죽을 것만 같다.

물론 나는 뭔지 다 알고 있으면서도 "뭘 참는다는 거야?" 하고 말한다.

"그걸 당신한테 일일이 다시 말해줄 필요는 없겠지."

그녀는 말한다.

"난 통제력을 잃었어. 나는 자존심을 잃었어. 나도 한때는 자부심에 찬 여자였어."

그녀는 갓 서른을 넘긴 매력적인 여자다. 키가 크고 긴 검은 머리칼에 초록색 눈을 지녔다. 그녀는 내가 아는 여자 중 유일하게 초록색 눈을 가졌다. 나는 옛날에 그녀의 초록색 눈에 대해 이야기하곤 했는데, 그럴 때면 그녀는 자신이 뭔가 특별한 존재로 받아들여지는 것은 바로 그 초록색 눈 때문이라는 사실을 자신도 잘 알고 있다고 했다.

그런데 나는 그 점을 몰랐다!

나는 점차 하나하나 끔찍하다는 생각을 갖기 시작한다.

나는 아래층 사무실에서 전화벨이 울리는 걸 들을 수 있다. 벨은 하루종일 울려댔다. 깜빡 잠이 들었을 때에도 들렸다. 나는 잠에서 깨어나면 천장을 쳐다보고, 벨소리에 귀를 기울이고, 우리에게 무슨 일이 일어나고 있는지 생각하곤 했다.

아마도 마룻바닥이나 쳐다보고 있어야 했는지도 모르지.

"내 가슴은 찢어졌어."

그녀가 말한다.

"내 가슴은 돌이 되었어. 나는 아무 쓸모가 없어. 무엇보다도 나쁜 건 바로 그거야, 내가 더이상 아무 쓸모 없게 되었다는 거."

"홀리."

나는 말한다.

처음 이곳으로 옮겨와 지배인이 되었을 때 우리는 이제 곤경에서 벗어났다고 생각했다. 집세와 각종 시설이 무료에다 한 달에

삼백 달러의 수입이 있었다. 쉽게 벌 수 있는 돈이 아니었다.

홀리가 장부를 관리했다. 그녀는 숫자에 밝았기 때문에 방을 세놓는 일은 대부분 그녀가 했다. 그녀는 사람들을 좋아했고, 사람들도 그녀를 좋아했다. 나는 잔디를 깎고 잡초를 제거하며 뜰을 관리했고, 수영장을 청소했으며 자질구레한 것들을 수리했다.

첫해에는 모든 것이 좋았다. 나는 밤에 부업을 했고, 덕분에 우리는 여유가 있었다. 우리에게는 계획이 있었다. 그런데 어느 날 아침, 알 수 없는 일이 일어났다. 어느 방에서 욕실 타일을 까는 일을 막 마쳤을 때, 멕시코 출신의 어린 청소부가 청소하러 들어왔다. 그녀를 고용한 것은 홀리였다. 서로 만나 얘기를 한 적은 있지만 나는 그전에는 이 어린 여자를 알아본 것 같지 않다. 그녀가 나를 아저씨, 라고 부른 것은 기억한다.

어쨌든, 그런 식으로 하나하나.

그래서 그날 아침 이후로 나는 그녀에게 주의를 기울이기 시작했다. 그녀는 치아가 하얗고 고르며, 귀여운 데가 있는 어린 처녀였다. 나는 그녀의 입을 쳐다보곤 했다.

그녀는 나를 이름으로 부르기 시작했다.

어느 날 아침 어느 욕실의 수도꼭지를 씻고 있는데, 그녀가 방 안으로 들어와 청소부들이 잘하듯 텔레비전을 켰다. 청소부들은 청소할 때면 곧잘 그러곤 한다. 나는 하던 일을 멈추고 욕실에서 나왔다. 그녀는 나를 보고 놀랐다. 그녀는 미소를 지으며 내 이름을 부른다.

그녀가 내 이름을 부른 바로 다음, 우리는 침대 위로 쓰러졌다.

"홀리, 당신은 여전히 긍지에 찬 여자야. 여전히 당신이 최고야. 자, 그만 해, 홀리."

나는 말한다.

그녀는 머리를 흔든다.

"내 안의 뭔가가 죽어버렸어. 이렇게 되기까지는 오랜 시간이 걸렸지만, 어쨌든 뭔가가 죽었어. 마치 도끼로 내려친 것처럼, 당신이 뭔가를 죽여버렸어. 이젠 모든 게 더러워."

그녀는 술잔을 비운다. 그런 다음 그녀는 울기 시작한다. 나는 그녀를 안는다. 하지만 소용이 없다.

나는 두 사람의 잔을 채우고 창 밖을 내다본다.

다른 주의 번호판을 단 자동차 두 대가 사무실 앞에 세워져 있고, 운전자들이 문 앞에 서서 이야기를 나누고 있다. 그들 중 하나가 다른 사람에게 뭐라고 말한 다음 방을 둘러보며 손으로 턱을 끌어당긴다. 여자도 한 명 있는데, 그녀는 유리창에 얼굴을 바짝 대고 눈 위를 손바닥으로 가리면서 안을 들여다본다. 그녀는 문 손잡이를 돌려본다.

아래층 전화벨이 울리기 시작한다.

"불과 얼마 전에 우리가 그걸 할 때도 당신은 그녀 생각을 하고 있었어."

홀리가 말한다.

"드웨인, 그건 사람 마음을 아프게 하는 짓이야."

그녀는 내가 건네주는 잔을 받는다.

"홀리."

"그건 사실이야, 드웨인."

그녀는 말한다.

"변명하지 마."

그녀는 손에 술잔을 든 채, 속옷과 브래지어 차림으로 방 안을 왔다갔다한다.

"당신은 바람을 피웠어. 당신은 믿음을 죽였어."

홀리는 그렇게 말한다.

나는 무릎을 꿇고 빌기 시작한다. 하지만 나는 후아니타를 생각하고 있다. 이건 끔찍한 일이다. 나나 혹은 세상의 다른 누군가에게 무슨 일이 일어나려고 이러는지 모르겠다.

"홀리, 여보, 당신을 사랑해."

주차장에서 누군가 클랙슨을 울리다가 멈추고, 또다시 울린다.

홀리는 눈가를 닦는다.

"술을 한 잔 채워줘. 이건 물을 너무 많이 탔어. 망할놈의 클랙슨이 울리든 말든. 상관없어. 나는 네바다로 갈 거야."

그녀는 말한다.

"네바다로 갈 생각은 마. 당신은 제정신이 아닌 듯 말하고 있어."

나는 그렇게 말한다.

"제정신이 아닌 상태로 얘기하고 있는 게 아냐."

그녀가 말한다.

"네바다로 가는 게 왜 정신이 나갔다는 거야? 당신은 이곳에서 당신 청소부랑 같이 있어. 나는 네바다로 갈 거야. 거기 가지 못할 바에야 죽어버리겠어."

"홀리!"

"홀리는 아무것도 아니야!"

그녀가 말한다.

그녀는 소파에 앉아 무릎을 턱 밑으로 끌어올린다.

"한 잔 더 채워, 이 개새끼야." 저 망할놈의 자식들은 왜 자꾸 클랙슨을 울려대는 거야. 트래블로지*에나 가서 그러라고 해. 당신 청소부가 청소하는 곳이 이제 거기지? 한 잔 더 채워줘, 이 개 같

---

* 미국 모텔 체인 중 하나.

은 자식!"

그녀는 입술을 다물며 특유의 표정을 지어 보인다.

술을 마시는 건 우스운 일이다. 돌이켜보면 우리는 모든 중요
한 결정을 술 마실 때 내렸다. 술을 줄여야 한다는 얘기를 할 때조
차 우리는 부엌 테이블이나 바깥 피크닉 테이블에 앉아 여섯 개짜
리 맥주 팩이나 위스키를 앞에 두고 있었다. 이곳으로 옮겨와 지
배인 자리를 맡는다는 결정을 내렸을 때도 우리는 이틀 밤을 술로
지새며 장단점을 따져보았다.

나는 남은 티처를 우리 잔에 따르고 얼음 조각과 물을 넣는다.

홀리는 소파에서 일어나 침대 위로 길게 눕는다.

그녀는 "이 침대에서 그애랑 했어?" 하고 묻는다.

나는 할말이 없다. 모든 말이 고갈된 느낌이다. 나는 그녀에게
잔을 건네준 후 의자에 앉는다. 잔을 들이켜며 나는 이제 모든 것
이 옛날과 같을 수 없으리라는 생각을 한다.

"드웨인?"

그녀가 말한다.

"홀리?"

나의 심장 박동이 느려진다. 나는 기다린다.

홀리는 나의 진정한 사랑이었다.

후아니타와의 일은 보통 일 주일에 다섯 번, 열시와 열한시에 있었다. 그녀가 청소를 하느라 머물고 있던 방 어디에서나 했다. 나는 그냥 그녀가 일하고 있는 방으로 들어가 문을 닫았다.

하여튼 그건 대개 11호실이었다. 행운의 방은 11호였던 것이다.

우리는 서로 다정했지만 빨리 해치웠다. 좋았다.

나는 어쩌면 홀리가 이 위기를 헤쳐나갈 수 있으리라 생각한다. 그녀가 정말 한번쯤은 노력해줘야 한다고 생각한다.

나는 밤일에 매달렸다. 그것은 원숭이도 할 수 있는 일이었다. 하지만 이곳의 모든 일은 급속히 내리막길을 걷고 있다. 우리는 더이상 그것에 맞설 용기가 없다.

나는 수영장 청소를 그만두었다. 수영장은 초록색 물이끼로 가득해서 손님들이 더이상 사용하지 않는다. 나는 더이상 수도꼭지를 수리하거나 타일을 깔거나 덧칠을 하거나 하지 않는다. 사실 우리는 둘 다 술을 엄청나게 많이 마시고 있다. 술을 마시면서 괜찮은 일을 하자면 많은 시간과 노력이 필요하다.

홀리 또한 손님을 제대로 받지 못하고 있었다. 그녀는 액수를 너무 많이 매기거나, 받아야 할 돈을 받지 않기도 했다. 때로는 침대가 하나뿐인 방에 세 사람을 들이거나 킹 사이즈 침대가 있는 방에 한 사람을 들이기도 했다. 당연한 일이지만 불평이 있었고,

때로 실랑이가 있었다. 사람들은 차에 짐을 싣고 딴 곳으로 가버리기도 했다.

그러고는 관리소 측에서 편지가 한 통 날아왔다. 그런 다음 내용 증명이 또 한 통 날아왔다.

전화도 여러 통 왔다. 시에서 누군가 다녀가기도 했다.

하지만 우리는 더이상 신경을 쓰지 않고 있으며, 사실이 그러했다. 우리는 얼마 못 갈 거라는 사실을 알고 있다. 우리는 인생을 망쳤고, 남은 것은 파탄이다.

홀리는 똑똑한 여자다. 그것을 먼저 깨달은 쪽은 그녀였다.

상황을 재탕하며 밤을 보낸 후 우리는 토요일 아침에 잠을 깼다. 우리는 눈을 떴고, 침대에서 고개를 돌려 서로 자세히 보았다. 그때 우리 두 사람은 그것을 알고 있었다. 뭔가 막바지에 다다랐고, 어디서 새 출발을 할지 고민해봐야 한다는 것이었다.

우리는 자리에서 일어나 옷을 입고 커피를 마신 다음 이야기를 해보기로 했다. 방해될 것은 아무것도 없었다. 전화도 없었고, 손님도 없었다.

내가 티처를 꺼낸 것은 그때였다. 우리는 사무실 문을 잠그고 얼음과 잔과 술병을 챙긴 후 이곳 이층으로 왔다. 먼저 우리는 컬러 텔레비전을 보고 농담 몇 마디를 하면서 아래층의 전화벨이 그냥 울리게 내버려두었다. 우리는 밖으로 나가 식사 대신으로 자동 판매기에서 치즈 감자칩을 뽑아와서 먹었다.

이젠 어떤 일이 일어나든 상관없다는, 이런 우스운 상황이 모든 것을 지배하고 있다는 것을 우리는 깨닫게 되었다.

"우리가 결혼하기 전에 그냥 애들이었을 때, 커다란 계획과 희망이 있었을 때 기억 나?"

그녀는 무릎을 모으고 술잔을 쥔 채로 침대 위에 앉아 있다.

"기억 나, 홀리."

"알겠지만 당신은 내 첫사랑이 아니었어. 내 첫사랑은 와이엇이었어. 생각해봐. 와이엇. 그리고 당신 이름은 드웨인이야. 와이엇과 드웨인. 내가 그 동안 뭘 아쉬워했는지 알게 뭐람? 당신은 노래에서처럼 내 전부였어."

"당신은 멋진 여자야, 홀리. 당신에게 기회가 있었다는 걸 나도 알고 있어."

나는 대답한다.

"하지만 나는 그 기회를 잡지 않았어! 난 바람을 피울 수가 없었어."

"홀리, 제발. 이제 그만 해, 여보. 우리 자신을 고문하지는 말자. 우리가 해야 할 일이 뭐지?"

"들어봐" 하고 그녀는 말한다.

"테라스 하이츠를 지나 야키마 외곽에 있는 낡은 농장으로 차를 몰고 갔던 때 기억하지? 좁은 흙길 위에 있었는데 날씨는 더웠고 먼지가 날렸지? 우리는 계속 달렸고, 그 낡은 집에 이르렀어. 그리고 당신은 물을 한 잔 마실 수 있느냐고 물었지? 이제 우리가 그런 일을 할 수 있으리라 생각해? 어떤 집에 들어가서 물 한 잔을 부탁하는 거.

지금쯤 그 노인네들은 죽었을 거야. 어느 공동묘지에 나란히 누워 있겠지. 그들이 안에 들어와 케이크를 먹으라고 한 것 기억나지? 그리고 그뒤에 그들이 우리에게 집 주위를 구경시켜준 것도. 그리고 집 뒤쪽에 정자가 있던 것도. 집 뒤쪽에, 어떤 나무들 아래에 있었지? 뾰족한 작은 지붕이 있었고, 칠은 벗겨지고, 계단에는 잡초가 자라고 있었지. 그리고 그 여자는 여러 해 전, 그러니까 진짜 오래 전에 일요일이면 남자들이 그곳에 와서 음악을 연주했고, 사람들은 자리에 앉아 귀를 기울이곤 했다는 얘기를 했지. 나는 우리가 나이를 먹게 되면 그렇게 되리라 생각했어. 위엄 있게. 그리고 평화롭게. 그리고 사람들이 우리 집을 찾게 되고."

나는 아무 말도 할 수 없었다. 그러다가 나는 말한다.

"홀리, 이 모든 일 말야, 언젠가 이것도 되돌아보게 될 거야. '수영장이 침전물로 뒤덮였던 그 모텔 기억하지?' 하고 말하게 될 거야. 내가 무슨 말을 하는지 알지, 홀리?"

하지만 홀리는 술잔을 쥔 채로 침대 위에 그냥 앉아 있다.

나는 그녀가 알지 못한다는 것을 알 수 있다.

나는 창문 쪽으로 가서 커튼 너머로 밖을 내다본다. 아래쪽에서 누군가 뭐라고 하면서 사무실 문을 덜컥대고 있다. 나는 그대로 서 있다. 나는 홀리가 무슨 조짐을 보이기를 기도한다. 나는 홀리가 어떤 기색을 내비치기를 기도한다.

나는 차의 시동이 걸리는 소리를 듣는다. 그리고 다른 차의 시동이 걸리는 소리도 듣는다. 그들은 건물을 향해 라이트를 켠다. 차들은 차례차례 멀어져 큰길로 접어든다.

"드웨인."

홀리가 계속한다.

이 점에서도 역시, 그녀가 옳다.

나는 아주 사소한 것까지도 볼 수 있었다

대문 소리를 들은 것은 내가 침대에 누워 있을 때였다. 나는 귀를 기울였다. 다른 어떤 소리도 들을 수 없었다. 하지만 그 소리는 들렸다. 나는 클리프를 깨우려 했다. 그는 취해서 의식이 없었다. 그래서 나는 자리에서 일어나 창문 쪽으로 갔다. 도시를 둘러싼 산 위로 커다란 달이 떠 있었다. 달은 희었고, 흉터 자국 같은 것으로 뒤덮여 있었다. 어떤 바보라도 그걸 보면 사람 얼굴을 떠올릴 수 있을 정도였다.

밖은 뜰에 있는 모든 것 ─ 마당 의자와 버드나무, 기둥 사이에 매어둔 빨랫줄, 피튜니아, 울타리, 활짝 열린 대문 ─을 볼 수 있을 만큼 환했다.

하지만 사람 움직임은 없었다. 겁을 집어먹게 하는 그림자도 없었다. 모든 것이 달빛 아래에 드러나 있었고, 나는 아주 사소한 것까지도 볼 수 있었다. 가령, 빨랫줄에 매달린 빨래집게 같은 것도 보였다.

나는 달빛을 가리려고 유리창에 손을 댔다. 나는 또다른 것들도 보았다. 귀를 기울였다. 그런 다음 침대로 돌아왔다.

하지만 잠을 이룰 수가 없었다. 나는 계속 몸을 뒤척였다. 나는 열려 있는 대문 생각을 했다. 그것은 마치 어떤 도전 같았다.

클리프의 숨소리는 듣기 끔찍했다. 그의 입은 활짝 열려 있었고, 팔은 창백한 가슴을 끌어안고 있었다. 그는 침대의 자기 자리와 내 자리 대부분을 차지하고 있었다.

나는 계속해서 그를 밀쳤다. 하지만 그는 신음소리만 낼 뿐이었다.

나는 한동안 꼼짝 않고 있었는데, 결국 그래봤자 아무 소용이 없다는 결론을 내렸다. 나는 자리에서 일어나 슬리퍼를 신었다. 나는 부엌으로 가서 차를 만든 다음 찻잔을 들고 부엌 테이블에 앉았다. 나는 필터가 없는 클리프의 담배 한 대를 다 피웠다.

늦은 시각이었다. 시계를 보고 싶지 않았다. 나는 차를 마시고 담배 한 대를 더 피웠다. 잠시 후 나는 자리에서 일어나 대문을 다시 잠그기로 마음먹었다.

그래서 나는 가운을 걸쳐 입었다.

달은 모든 것 — 집과 나무와 기둥과 전선, 그리고 온 세상 — 을 환히 밝히고 있었다. 나는 뒤뜰을 내다본 후 현관 밖으로 나갔다. 산들바람이 조금 불었고, 나는 가운을 여몄다.

나는 대문을 향해 걸어가기 시작했다.

우리 집과 샘 로튼의 집 경계를 이루는 울타리에서 무슨 소리가 났다. 나는 흘깃 쳐다보았다. 샘이 자기 집 울타리에 팔을 기대고 있었는데, 울타리는 두 겹이다. 그는 주먹을 들어 입으로 가져갔고, 마른기침을 했다.

"안녕하세요, 낸시."

샘 로튼이 말했다.

"샘, 당신 때문에 놀랐어요. 무슨 일이에요? 무슨 소리 들었나요? 우리 집 대문이 열리는 소리를 들었어요."

나는 말했다.

"난 아무 소리도 못 들었는 걸요. 아무것도 보지 못했고요. 바람 때문일 거예요."

그가 대답했다.

그는 뭔가 씹고 있었다. 그는 열린 대문을 보며 어깨를 으쓱했다.

달빛 속에서 그의 머리칼은 은빛으로 보였고, 위로 치솟아 있었다. 나는 그의 긴 코와 커다란 슬픈 얼굴에 팬 선들을 볼 수 있었다.

"무슨 일이 있는 거예요, 샘?"

나는 울타리 쪽으로 다가갔다.

"뭔가 좀 볼래요?"

그가 말했다.

"내가 그쪽으로 가죠."

나는 밖으로 나가 보도를 따라 걸었다. 잠옷과 가운을 걸친 채로 바깥을 돌아다닌다는 것이 우습게 느껴졌다. 이런 차림으로 바깥을 돌아다니는 것은 우스운 일이라는 점을 기억해야 할 거라고 나는 혼자 생각했다.

샘은 자기 집 곁에 서 있었는데, 그의 파자마는 갈색과 하얀색의 줄무늬 신발 위로 껑충하니 올라가 있었다. 그는 한 손에는 손전등을, 다른 한 손에는 무언가가 든 깡통 하나를 들고 있었다.

샘과 클리프는 친구 사이였다. 그런데 어느 날 그들은 술을 마셨다. 그들은 말다툼을 했다. 그 일이 있은 후 샘은 울타리를 만들었고, 클리프 역시 울타리를 만들었다.

그 일은 샘이 밀리를 잃고 다시 결혼을 해서 다시 아버지가 된 후에 일어났다. 모든 일이 순식간이었다. 밀리는 죽기 전까지 내게 좋은 친구였다. 죽을 때 그녀의 나이는 불과 마흔다섯이었다. 심장 마비 때문이었다. 자기 집의 차량 진입로로 들어오던 중 심장 마비가 찾아왔다. 차는 돌진하여 차고 뒤쪽을 뚫고 나갔다.

"이걸 봐요."

샘은 이렇게 말하며 파자마 바지를 끌어올리고는 쪼그리고 앉았다. 그는 손전등 불빛으로 땅을 가리켰다.

나는 그가 가리키는 곳을 보았고, 무슨 벌레 같은 것이 흙더미 위에 몸을 말고 있는 것을 보았다.

"민달팽이죠. 방금 이걸 좀 줬어요."

그는 에이젝스* 깡통 같아 보이는 무엇을 들어 보였다.

"온통 이것들투성이예요."

그는 그렇게 말하며 입 안에 든 것을 씹었다. 그는 한쪽으로 고개를 돌려 담배 같아 보이기도 하는 것을 뱉었다.

"이것들이 가까이 오게 하려면 이게 있어야 해요."

그는 무언가로 가득 찬 항아리 하나에 빛을 비췄다.

"난 미끼를 놨어요. 그리고 기회가 있을 때마다 이걸 갖고 여기로 오죠. 사방이 이 망할놈의 것들 천지예요. 이놈들이 무슨 짓을 저지르는지 한번 볼래요? 여길 봐요."

그가 말했다.

그는 자리에서 일어났다. 그는 내 팔을 잡고 장미 덤불이 있는

---

* Ajax. 미국 가정용 세척제 상표.

곳으로 나를 데려갔다. 그는 잎사귀에 뚫린 작은 구멍들을 보여주었다.

"민달팽이들 짓이죠. 밤에 여기서 주위를 둘러보면 온통 민달팽이들뿐이에요. 난 미끼를 놓은 다음에 나와서 이놈들을 잡아요."

그가 말했다.

"정말 끔찍한 놈들이에요. 나는 이놈들을 저 항아리에 모아두고 있어요."

그는 불빛을 장미 덤불 아래로 비췄다.

비행기 한 대가 우리 머리 위로 지나갔다. 나는 비행기에 탄 사람들이 벨트를 매고 좌석에 앉아 있는 모습을 상상했다. 그중 누군가는 책을 읽고 있을 테고, 누군가는 아래를 내려다보고 있을 것이었다.

"샘, 다들 어떻게 지내요?"

나는 말했다.

"잘 지내요."

그는 어깨를 으쓱했다.

그는 씹고 있던 뭔가를 씹었다.

"클리퍼드는 어떻게 지내요?"

그가 말했다.

"늘 그렇죠."

"민달팽이들을 잡으려고 이리로 나오면서 가끔 당신 집 쪽을 쳐다보곤 해요."

그는 말했다.

"클리프와 다시 친구가 되었으면 좋겠어요. 저길 봐요."

그는 숨을 가쁘게 들이켰다.

"저기 또 있어요. 보여요? 불빛이 비치는 곳에."

그는 손전등을 장미 덤불 아래쪽 흙으로 향하게 했다.

"이걸 봐요."

나는 가슴 밑으로 팔짱을 낀 채 그가 비추는 곳 위로 몸을 숙였다. 달팽이들은 움직임을 멈추고 대가리를 양옆으로 돌렸다. 샘은 가루가 든 깡통을 들고 그 위에 뿌렸다.

"끈적대는 놈들이죠."

그가 말했다.

민달팽이는 이리저리 몸을 비틀고 있었다. 그러고는 몸을 말았다가 폈다.

샘은 장난감 삽을 집어들고 민달팽이를 퍼담아 항아리 속에 던져넣었다.

"아시다시피 난 포기해버렸어요. 그럴 수밖에 없었죠. 한동안 일이 그렇게 되어갔고, 뭐가 어떻게 돌아가고 있는 건지 알 수가 없더라구요. 우리 집에는 아직도 울타리가 서 있죠. 하지만 더이상 내가 할 수 있는 건 없어요."

나는 고개를 끄덕였다. 그는 나를 흘끗 보더니 계속 쳐다보았다.

"그만 들어가야겠어요."

나는 말했다.

"그래요. 하던 일을 계속 할게요. 일을 끝내면 나도 들어가죠."

"잘 자요, 샘."

"잠깐만요."

그는 씹던 것을 멈췄다. 그는 혀로 씹던 것을 아랫입술 뒤에 밀어넣었다.

"클리프에게 안부 전해줘요."

"당신이 안부 전하더라는 얘기 할게요, 샘."

샘은 마치 자신의 은발을 영원히 가라앉히기라도 하려는 듯 손으로 머리를 빗은 다음 그 손을 흔들었다.

침실로 돌아온 나는 가운을 벗어 접은 다음 손이 자라는 곳에 놓았다. 몇 시인지는 보지 않고서 나는 자명종이 울리게 해놓는지만 확인했다. 그런 다음 침대에 들어가 이불을 덮고 눈을 감았다.

대문을 닫는 것을 잊었다는 생각이 든 것은 그때였다.

나는 눈을 뜬 채 그대로 누워 있었다. 나는 클리프의 몸을 조금 흔들었다. 그는 헛기침을 했다. 그리고 침을 삼켰다. 그의 가슴 속에 뭔가 맺혀서 흐르고 있었다.

왠지는 잘 모르겠다. 그걸 보니 샘 로튼이 가루를 뿌려대던 그 것들이 생각났다. 나는 잠시 내 집 밖의 세상을 생각했고, 그런 다음엔 서둘러 자야 한다는 생각 외에 다른 생각은 하지 않았다.

봉지

시월의 어느 축축한 날이다. 묵고 있는 호텔의 창문을 통해 나는 이 중서부 도시의 너무나 많은 것들을 볼 수 있다. 건물에 들어온 불빛들과 높은 굴뚝에서 자욱이 피어오르는 연기도 보인다. 이걸 봐야 할 일이 없었더라면 좋았을 것을.

작년에 내가 새크라멘토에 들렀을 때 아버지가 해준 이야기를 당신에게도 들려주고 싶다. 이 이야기는 그와 어머니가 이혼하기 이 년 전에 일어났던 사건에 관한 것이다.

나는 책 영업자로, 잘 알려진 회사 소속이다. 우리는 교재를 발행하는데, 본사는 시카고에 있다. 내 담당 구역은 일리노이와 아이오와, 위스콘신 일부 지역이다. 로스앤젤레스에서 열린 서부 지역 출판사 협의회에 참석하던 중 나는 아버지를 몇 시간 방문해야겠다는 생각이 들었다. 부모님이 이혼을 한 뒤로 그를 만나보지 못했다. 그래서 지갑에서 그의 주소를 꺼내 전보를 쳤다. 이튿날 아침 나는 시카고로 짐을 먼저 보낸 다음 새크라멘토 행 비행기에 올랐다.

그를 알아보는 데는 일 분 정도 걸렸다. 아버지는 사람들이 모두 모여 있는 곳—즉 출구 뒤편—에 서 있었다. 그는 머리칼이 희었고, 안경을 썼으며, 갈색 스타프레스트* 바지를 입고 있었다.

"아빠, 어떻게 지내세요?"

내가 말했다.

"레스."

그가 말했다.

우리는 악수를 한 다음 터미널 쪽으로 향했다.

"메리랑 애들은 어떻게 지내냐?"

그가 물었다.

"다들 잘 지내요."

나는 이렇게 대답했지만 그것은 사실이 아니었다.

그는 흰 과자 봉지를 열었다.

---

* 1964년에 미국 리바이스 사에서 내놓은 최초의 구김 방지 바지.

"네가 가져갈 만한 걸 좀 샀다. 별건 아니야. 메리에게 줄 아몬드 로카* 조금하고 애들에게 줄 젤리빈을 조금 샀다."

"고마워요."

"떠날 때 이걸 잊어버리지 않도록 해라."

우리가 밖으로 걸어나오는데 몇몇 수녀들이 비행기 탑승구 쪽으로 뛰어갔다.

"술이나 커피 한 잔 하시겠어요?"

내가 말했다.

"뭐든 괜찮아. 근데 난 지금 차가 없어."

우리는 라운지를 발견하고 그곳에서 술을 시킨 후 담뱃불을 붙였다.

"여기서 이렇게 만나게 되는군요."

내가 말했다.

"그래, 그렇구나."

나는 어깨를 으쓱하며 "그래요" 하고 대답했다.

나는 의자에 등을 기대고 그의 머리 주위에 드리운 비탄의 분위기를 들이마시며 심호흡을 했다.

"시카고 공항은 여기 공항의 네 배는 되겠지."

---

* 아몬드에 옥수수 시럽과 초콜릿을 버무려 바른 스낵.

"그 이상이죠."

나는 말했다.

"크다는 생각은 했었지."

"언제부터 안경을 쓰기 시작했죠?"

"얼마 전부터."

그는 술을 한 모금 들이켠 후 곧바로 그 이야기를 시작했다.

"나는 그때 죽었어야 했다."

그는 자신의 육중한 팔을 술잔 양쪽에 올려놓았다.

"너는 교육받은 사람이지, 레스. 너는 그 일을 이해할 거다."

나는 재떨이를 모로 돌려 바닥에 씌어진 것을 읽었다. 하라 클럽 /
레노 시, 타호 호수 / 즐기기 좋은 곳.

"그녀는 스탠리 프로덕츠라는 회사의 직원이었어. 키가 작고,
손발이 작고, 머리칼은 석탄처럼 검었지. 물론 세상에서 제일 아
름다운 여자는 아니었어. 하지만 그녀에게는 괜찮은 구석이 있었
지. 나이는 서른 살에 아이들이 있었어. 하지만 어떤 상황이었든
간에 그녀는 양식 있는 여자였어.

네 어머니는 항상 그녀에게서 빗자루와 대걸레, 그리고 파이
속 재료들을 사곤 했지. 네 어머니가 어떤 사람인지는 너도 알 거
다. 토요일이었고, 나는 집에 있었지. 네 어머니는 어딘가 가고 없
었어. 그녀가 어딜 다녔는지는 모르겠어. 일은 하지 않았는데. 거

실에서 신문을 읽으며 커피를 마시고 있는데 누군가 문을 두드렸고, 그래서 나가보니 이 자그마한 여자가 서 있었지. 샐리 웨인이라는 여자 말이야. 그녀는 파머 부인에게 줄 게 있다고 했어. '내가 남편이오' 하고 말했지. '파머 부인은 지금 없어요.' 나는 그녀에게 잠시 안으로 들어오라고 했어, 물건값을 치를 생각으로. 그녀는 그래야 할지 말아야 할지 헷갈려 하는 것 같았어. 그녀는 이런 작은 종이 봉지와 영수증을 든 채로 그대로 서 있었지.

'자, 그걸 줘요. 돈 찾는 동안 잠시 안에 들어와 앉아 있도록 해요.'

내가 말했지.

'괜찮아요. 외상으로 하죠. 그렇게 하는 사람들도 많아요. 괜찮아요.'

자신이 괜찮다는 걸 알리려는 듯 그녀는 미소를 지었어.

'아니오, 아니오. 물건을 받았으니 지금 곧 계산을 하겠소. 그렇게 해야 당신이 다시 올 필요가 없게 되고, 나도 외상을 하지 않게 되잖소. 안으로 들어와요.'

나는 그렇게 말하며 방충망 문을 열어주었어. 그녀를 바깥에 그대로 서 있게 하는 건 무례한 일이었으니까."

그는 기침을 했고, 내 담배를 한 개비 집어들었다. 바 쪽에 있던 여자 하나가 웃음을 터뜨렸다. 나는 그녀를 바라보았고, 그런 다음 재떨이에 적힌 글귀를 다시 읽었다.

"그녀가 안으로 들어왔고, 나는 '잠시만요' 하고 말한 다음 지갑을 찾으러 침실에 갔지. 서랍 위를 둘러보았지만 지갑을 찾을 수가 없었어. 잔돈 얼마와 성냥과 빗은 보았지만 지갑은 찾지 못했어. 그날 아침 네 어머니가 청소를 해놓은 상태였지. 그래서 나는 거실로 가서 '글쎄, 아직 돈을 찾지 못했지 뭐요' 하고 말했지.

'신경 쓰지 마세요.'

그녀가 말했어.

'괜찮소. 어쨌든 지갑을 찾아야 하니까. 편하게 있어요.'

'오, 저는 괜찮아요.'

'이 신문을 봐요. 동부에서 일어난 대형 강도 사건 들어보셨소? 그걸 읽고 있던 참이었소.'

'어젯밤 텔레비전에서 봤어요.'

그녀가 말했어.

'아주 깨끗이 해치웠더군요.'

'아주 매끈하게요.'

'완전 범죄죠.'

'실패하는 사람들이 많은데 말예요.'

나는 달리 무슨 말을 해야 좋을지 몰랐어. 우리는 서로 쳐다보며 거기 그렇게 서 있었지. 그래서 나는 현관 밖으로 나갔고 바지를 찾으려고 바구니 속을 뒤졌어. 네 어머니가 그 안에 넣어두었을 수도 있다는 생각이 들었던 거야. 나는 뒷주머니에서 지갑을 찾았고, 거실로 들어가 얼마를 지불해야 되는지 물었지.

삼사 달러 정도 되는 액수였고, 나는 지불을 했어. 그런 다음, 무슨 이유에서인지 나는 그녀에게 그 강도들이 갖고 달아난 돈이 있다면 뭘 하고 싶으냐고 물었어.

그녀는 웃었고, 나는 그녀의 치아를 보았어.

그때 무슨 일이 일어난 건지 대체 알 수가 없어, 레스. 쉰다섯의 나이에 말야. 다 자란 아이들이 있는데. 그토록 분별없지는 않았는데. 내 나이의 반밖에 되지 않는 이 여자에게는 학교에 다니는 아이들이 있었어. 그녀는 애들이 학교에 가 있는 동안만 이 스탠리라는 회사에서 일을 했지. 그냥 바쁘게 시간을 보내려고 말야. 일을 할 필요는 없었어. 먹고살 충분한 돈이 있었으니까. 그녀의 남편 래리는 컨살러데이티드 프라잇*의 운전수였어. 돈을 많이 벌었지. 트럭 운전수가 그러듯이."

그는 말을 멈추고 얼굴을 훔쳤다.

"누구든 실수를 할 수 있어요."

내가 말했다.

---

* '연합 화물' 이라는 뜻의 미국 화물차 제작사 겸 화물 운송 노선.

그는 고개를 저었다.

"그녀에게는 행크와 프레디라는 두 아들이 있었지. 한 살 터울의. 그녀는 사진도 몇 장 보여주었어. 어쨌든, 내가 그 돈에 대해 얘기했을 때 그녀는 웃었고, 스탠리 프로덕츠의 물건을 파는 일을 그만 두고 다고에 집을 한 채 사겠다고 말했어. 그녀는 다고에 친척이 있다고 했어."

나는 다시 담배 한 대를 붙였다. 그리고 시계를 보았다. 바텐더는 눈썹을 치켜올렸고, 나는 안경을 치켜올렸다.

"그렇게 해서 그녀는 이제 소파에 앉아 담배 한 대를 달라고 했지. 담배를 다른 지갑에 두고 왔다고 했고, 집을 나온 이후로 담배를 한 대도 피우지 못했다고 했어. 집에 담배가 보루로 있는데 자동판매기에서 담배를 사는 건 싫다고 했지. 나는 담배를 한 대 건네준 후 그녀를 위해 성냥불을 켜들고 있었지. 한데, 레스, 내 손가락이 떨리고 있었어."

그는 말을 멈추고 잠시 술병들을 살펴보았다. 웃음을 터뜨렸던 여자는 자기 양옆에 있는 남자들에게 팔을 두르고 있었다.

"그러고 나서는 모든 게 분명치 않아. 그녀에게 커피를 마시고 싶은지 물은 건 기억이 나. 새로 커피를 만들었다고 했거든. 그녀는 가야 한다고 말했어. 그러고 나선 커피 한 잔 정도 마실 시간은 있다고 했어. 나는 부엌으로 갔고, 커피가 끓기를 기다렸지. 장담컨대, 레스, 하나님 앞에 맹세할 수도 있어. 나는 우리가 부부로 사는 동안 네 어머니 몰래 바람을 피운 적이 단 한 번도 없었어. 그러고 싶었고, 그럴 수 있었던 때도 있었지. 너는 내가 아는 만큼 네 어머니를 알지는 못해."

"그 점에 대해서는 아무 말도 하지 않으셔도 돼요."

나는 대꾸했다.

"그녀에게 커피를 갖다줬는데, 그때 그녀는 외투를 벗고 있었어. 나는 맞은편 소파에 앉았고, 우리는 좀더 사적인 얘기를 하기 시작했지. 그녀는 루스벨트 초등학교에 다니는 아이 둘이 있으며, 남편인 래리는 운전수로, 때로 일이 주 정도 집을 비운다고 했어. 멀리 북쪽으로는 시애틀까지, 남쪽으로는 LA까지, 그리고 어떤 때는 피닉스까지도 간다고 했어. 항상 어딘가에 가 있었지. 그녀는 고등학교 때 래리를 만났다고 했어. 모든 일을 겪고 여기까지 오게 된 데 대해 스스로 자부심을 느낀다고 했어. 그러면서도 바로 뒤에 그녀는 내가 말한 뭔가를 들으며 조금 웃었어. 그건 서로 다른 두 가지 방식으로 받아들일 수 있는 그런 이야기였지. 그런 다음 그녀는 과부를 방문한 신발 외판원 얘기를 들어본 적이 있느냐고 물었어. 우리는 그 얘기를 두고 웃었고, 그런 다음 나는 더 나쁜 어떤 이야기를 했어. 그러자 그녀는 그 이야기에 심하게 웃었고, 담배를 한 대 더 피웠어. 말하자면, 하나에서 또다른 하나로 이어지는, 그런 식이었지.

그때 내가 그녀에게 키스를 했어. 그녀의 머리를 소파 위로 젖히고 키스를 했지. 그리고 그녀의 혀가 내 입 안으로 불쑥 들어오는 것을 느낄 수 있었지. 내가 무슨 말을 하고 있는지 알겠니? 남자에게는, 결혼과 관련한 모든 규칙을 지켜오다가도 어느 한 순간 그것이 더이상 문제되지 않는 때가 있단다. 운명처럼 말야.

하지만 그건 곧 끝났지. 그후에 그녀는 '나를 창녀쯤으로 여기는 것 같군요' 하고 말한 다음 가버렸어.

나는 너무도 흥분한 상태였어. 소파를 정리하고 쿠션들을 되돌려놓았지. 신문들을 접고, 우리가 사용한 컵도 씻어놓았어. 커피 포트도 씻었지. 줄곧 나는 네 어머니의 얼굴을 어떻게 마주할까 하는 생각뿐이었어. 겁이 났지.

그래, 그렇게 해서 시작되었어. 네 어머니와 나는 여느 때와 다름없이 지냈지. 하지만 나는 그 여자를 정기적으로 만났어."

바에 있던 여자는 의자에서 일어났다. 그녀는 플로어 중앙으로 몇 걸음 걸어가 춤을 추기 시작했다. 그녀는 머리를 양옆으로 돌리며 손가락을 퉁겼다. 바텐더는 술 따르던 것을 멈췄다. 여자는 플로어 중앙에서 팔을 머리 위로 올린 채 작은 원을 그리며 움직였다. 그러다 갑자기 그녀는 춤을 멈추었고, 바텐더는 하던 일로 돌아갔다.

"저거 봤니?"

아버지가 물었다.

하지만 나는 아무 말도 하지 않았다.

"일은 그런 식이었지. 래리는 일정표가 있었고, 덕분에 나는 기회가 있을 때마다 그녀의 집으로 갔어. 네 어머니한테는 여기저기 간다고 둘러댔지."

그는 안경을 벗고 눈을 감았다.

"이 이야기는 누구에게도 한 적이 없다."

나는 거기에 대해서는 할말이 없었다. 나는 바깥의 들판을, 그다음에는 내 시계를 들여다보았다.

"내 얘기 좀 들어봐라. 네 비행기는 몇 시에 떠나지? 다른 비행기를 탈 수는 없냐? 내가 한 잔 더 사마, 레스. 두 잔 더 시켜라. 빨리 비울게. 일 분이면 다 마실 거야. 내 얘기 좀 들어봐라."

그가 말했다.

"그녀는 침실 침대 곁에 그의 사진을 놓아두었어. 처음에는 사진이 거기에 있는 게 신경이 쓰이더구나. 하지만 얼마 후에는 익숙해지게 되었지. 사람이 뭔가에 어떤 식으로 익숙해지는지는 잘 알지?"

그는 고개를 저었다.

"믿기 어려운 일이야. 그런데 끝은 결국 좋지 않았지. 그 일은 너도 알 거다. 그 이야기 다 알고 있지?"

"저는 아버지가 제게 하고 있는 이야기밖에는 몰라요."

내가 말했다.

"그렇다면 얘기해주마, 레스. 이 일과 관련해 가장 중요한 일을 얘기하마. 너도 알다시피 뭔가 있었어. 네 어머니가 나를 떠난 일보다도 더 중요한 뭔가가. 이제 그 얘기를 들어보거라. 우리는 침대에 누워 있었지. 점심 무렵이었을 거야. 거기 그냥 누워 얘기를 하고 있었지. 깜빡 잠이 들었던 모양이야. 잠이 들어 우스운 꿈을 꿨지. 한데 그러면서도 빨리 일어나 가야 한다고 스스로 되뇌고 있었어. 그런데 그때 차가 진입로로 들어왔고 누군가 차 밖으로 나와 문을 닫았어.

'맙소사. 래리예요!'

그녀가 비명을 질렀어.

나는 제정신이 아니었던 모양이야. 뒷문으로 달아날 경우 그가 나를 뜰에 있는 커다란 울타리로 밀어붙여 죽일 거라고 생각했던 기억이 나는구나. 샐리는 우스꽝스러운 소리를 내고 있었어. 마치 숨을 제대로 쉬지 못하고 있는 것 같았어. 그녀는 옷을 걸쳤지만 제대로 여미진 못했고, 부엌에 서서 머리를 휘젓고 있었지. 모든 일이 한꺼번에 일어났어. 그리고 나는 내 옷을 손에 든 채, 거의 알몸으로 있었지. 그때 래리가 현관문을 열었어. 그래서 나는 몸을 날렸지. 전망창 사이로 유리창을 깨고 몸을 날렸지."

"그래서 도망쳤어요? 그가 쫓아오지 않았나요?"

내가 물었다.

아버지는 내가 미친 사람이라도 되는 양 나를 쳐다보았다. 그는 자기의 빈 잔을 응시했다. 나는 시계를 보며 몸을 뻗었다. 눈 뒤쪽으로 두통이 약간 느껴졌다.

"곧 가야 할 것 같아요."

나는 손으로 턱을 쓰다듬었고 옷깃을 폈다.

"그 여자 지금도 레딩에 있죠?"

"너는 아무것도 몰라, 그렇지?"

아버지가 말했다.

"너는 아무것도 몰라. 책 파는 것밖에는 모르지."

이제 거의 가야 할 시간이 되었다.

"아, 맙소사. 미안하다."

그가 말했다.

"그 남자는 엉망이 되었지. 그는 바닥에 주저앉아 울었어. 그녀는 부엌에 있었어. 그녀는 거기서 울었어. 그녀는 무릎을 꿇고 앉아 하나님에게 기도를 드렸지. 그 남자가 들을 수 있도록 큰 소리로."

아버지는 뭔가 더 말하기 시작했다. 하지만 곧 말을 멈추고 고개를 저었다. 그는 내게 뭔가 이야기하고 싶어하는 것 같았다.

한데 그는 그러다가 "아니다, 비행기를 타야지" 하고 말했다.

나는 그가 외투를 걸치도록 도와주었고, 우리는 걷기 시작했다. 나는 그의 팔꿈치를 쥔 채 길을 안내했다.

"택시를 태워드리죠."

내가 말했다.

"네가 떠나는 것을 보마."

"괜찮아요. 다음번에 그렇게 하죠."

우리는 악수를 했다. 그를 마지막으로 본 것이 그때였다. 시카고로 가는 동안 나는 그의 선물 봉지를 바에 두고 온 것이 생각났다. 하지만 상관없었다. 메리에게는 캔디도, 아몬드 로카도, 다른 어떤 것도 필요하지 않았다.

그 일은 작년 일이다. 이제는 더욱더 그것이 필요가 없다.

목욕

토요일 오후에 어머니는 차를 몰고 쇼핑 센터 안의 빵집에 갔다. 페이지마다 테이프로 케이크 사진이 붙은 견본책을 살펴본 후 그녀는 아이가 제일 좋아하는 초콜릿 케이크를 주문했다. 그녀가 고른 케이크는 하얗게 뿌려진 별들 아래로 우주선과 발사대가 장식된 것이었다. 스코티라는 이름이 그 우주선의 이름인 양 초록색으로 씌어질 터였다.

스코티는 여덟 살이 될 거라고 어머니가 말하는 동안 제빵사는 사려 깊게 귀를 기울였다. 그는 나이가 많았고, 끈을 팔 밑에서 등으로 둘러 앞쪽에서 교차하여 아주 두꺼운 매듭으로 묶은, 무겁고도 이상해 보이는 앞치마를 두르고 있었다. 여자의 말에 귀를 기울이는 동안 그는 계속 앞치마 앞쪽에 손을 닦았으며, 샘플을 보며 이야기하는 그녀의 입술을 물기어린 눈으로 주시했다.

그는 그녀가 시간을 들여 설명하도록 내버려두었다. 그는 급하지 않았다.

어머니는 우주선 케이크로 결정한 다음 제빵사에게 자신의 이름과 전화번호를 알려주었다. 케이크는 월요일 아침이면 준비가될 것이고, 월요일 오후에 있을 파티까지는 시간이 많았다. 제빵사가 하려던 이야기는 그게 전부였다. 농담도 없고, 몇 마디의 꼭 필요한 정보뿐, 쓸데없는 말도 없었다.

월요일 아침, 소년은 학교에 가고 있었다. 그는 다른 한 소년과 함께였으며, 두 소년은 감자 칩 봉지를 앞뒤로 던지며 주고받았다. 그날이 생일이었던 소년은 다른 소년이 선물로 무엇을 주려고 하는지 알아내려 하고 있었다.

생일인 소년은 교차로에서 주위를 보지 못했고, 보도의 갓돌에 넘어지며 바로 자동차에 치였다. 그는 옆으로 넘어졌다. 그는 머리를 배수구에 두고 다리는 길에 뻗은 채, 벽을 기어오르려는 듯 몸을 움직였다.

다른 소년은 감자 칩을 들고 서 있었다. 그는 남은 것을 마저 먹어야 할지, 아니면 그냥 계속 학교로 가야 할지 고민하고 있었다.

생일인 소년은 울지 않았다. 하지만 더이상 말을 하고 싶지도 않았다. 다른 소년이 차에 치인 느낌이 어떤지 물었을 때 그는 대답하고 싶지 않았다. 생일인 소년은 몸을 일으켰고 집으로 돌아갔다. 그러자 다른 소년은 손을 흔들며 잘 가라는 인사를 하고 학교로 갔다.

생일인 소년은 어머니에게 무슨 일이 있었는지 이야기했다. 그들은 함께 소파에 앉았다. 그녀는 아이의 손을 자신의 무릎 위에 얹었다. 소년이 손을 젖히며 등을 대고 눕는 동안 그녀는 내내 그러고 있었다.

물론 생일 파티는 열리지 못했다. 대신 생일인 소년은 병원에 있었다. 어머니는 침대 곁에 앉았다. 그녀는 소년이 깨어나기를 기다리고 있었다. 사무실에 있던 아버지가 서둘러 돌아왔다. 그는 어머니 옆에 앉았다. 그리하여 이제 두 사람은 소년이 깨어나기를 기다렸다. 그들은 몇 시간을 기다렸고, 그런 다음 아버지는 목욕을 하려고 집으로 갔다.

남자는 병원에서 집으로 차를 몰고 갔다. 거리에서 그는 차를 필요 이상으로 빠르게 몰았다. 지금까지의 인생은 괜찮았다. 일과 아버지의 역할, 그리고 가족이 있었다. 남자는 운이 좋았고 행복했다. 하지만 이제 두려움이 생기자 그는 목욕이 하고 싶어졌다.

그는 진입로로 들어섰다. 차에 앉은 채 그는 다리를 움직여보려 했다. 아이는 차에 치여 병원에 있지만 괜찮아질 것이다. 남자는 차에서 내려 현관 쪽으로 갔다. 개가 짖었고 전화벨이 울렸다. 남자가 문을 열고 들어가 전등 스위치를 찾느라 벽을 더듬는 동안 전화벨은 계속 울렸다.

그는 수화기를 들었다.

"나 이제 막 들어왔어!"

그는 말했다.

"가져가지 않은 케이크가 있어서요."

전화 저편의 목소리가 그렇게 말했다.

"무슨 말을 하고 있는 거요?"

"케이크 말입니다."

목소리가 대답했다.

"십육 달러입니다."

남편은 무슨 말인지 이해해보려고 수화기를 귀에 갖다댔다.

"무슨 말을 하는지 도저히 모르겠소."

"그런 말씀 마세요."

목소리가 말했다.

남편은 전화를 끊었다. 그는 부엌으로 가 위스키를 조금 따랐다. 병원에 전화를 걸었다.

아이의 상태는 그대로였다.

욕조에 물을 받는 동안 남자는 얼굴에 거품을 칠한 후 면도를 했다. 욕조에 들어갔을 때 다시 전화벨이 울렸다. 그는 몸을 일으켰고 서둘러 뛰어가면서 "멍청이, 멍청이 같으니라고" 하고 중얼거렸는데, 그건 자신이 병원에 그대로 있었다면 이러지 않아도 되었을 것이기 때문이었다. 그는 수화기를 집어들며 "여보세요!" 하고 소리쳤다.

"준비됐습니다."

목소리가 말했다.

자정이 지나 아버지는 다시 병원으로 돌아갔다. 아내는 침대 옆 의자에 앉아 있었다. 그녀는 남편을 올려다본 후 다시 아이를 쳐다보았다. 침대 위의 어느 기구에 병이 하나 매달려 있었고, 병에 부착된 튜브가 아이와 연결되어 있었다.

"이건 뭐요?"

아버지가 물었다.

"포도당이에요."

어머니가 대답했다.

남편은 여자의 머리 뒤에 손을 얹었다.

"깨어날 거요."

"알아요."

잠시 후 남자는 말했다.

"집에 가도록 해요. 내가 맡겠소."

그녀는 머리를 저었다.

"아녜요."

"그렇게 해요. 잠시 집에 가 있도록 해요. 걱정할 필요 없소. 애는 자고 있을 뿐이니까."

간호사 하나가 문을 밀고 들어왔다. 그녀는 침대 쪽으로 다가오면서 그들에게 고개를 까닥였다. 그녀는 이불 밑에서 아이의 왼쪽 팔을 꺼내 손목에 손가락을 올려놓았다. 팔을 이불 속에 다시 넣은 다음 간호사는 침대에 붙어 있는 회람판에 뭔가 적었다.

"어떤가요?"

어머니가 물었다.

"안정적인 상태예요."

간호사가 대답했다. 그리고 그녀는 말했다.

"의사 선생님이 곧 다시 오실 거예요."

"아내에게 집에 가 잠시 휴식을 취하라는 얘기를 하고 있었소. 의사 선생님이 오신 다음에 그렇게 하는 게 좋겠군."

"그렇게 하세요."

간호사가 말했다.

"의사 선생님이 무슨 말씀을 하실지 들어보도록 해요."

여자가 말했다. 그녀는 손을 눈 쪽으로 갖다대고 머리를 앞으로 기울였다.

간호사는 "그렇게 하세요" 하고 대답했다.

아버지는 아들을 보았다. 이불 아래로 작은 가슴이 오르락내리락했다. 이제 그는 더 큰 두려움을 느꼈다. 그는 머리를 흔들기 시작했다. 그는 자신에게 이렇게 말했다. 애는 괜찮아. 집에서 자는 대신 여기서 자고 있는 거야. 잠은 어디서 자나 마찬가지야.

의사가 왔다. 그는 남자와 악수를 나눴다. 여자는 의자에서 일어났다.

"앤."

의사는 인사를 하며 고개를 까닥였다.

"아이가 어떤지 봅시다."

그는 침대로 가 소년의 손목을 만져보았다. 양쪽 눈꺼풀을 차례로 뒤집어보기도 했다. 그는 이불을 젖힌 다음 심장 박동 소리에 귀를 기울였다. 그는 몸의 이곳저곳을 손가락으로 눌러보았다. 침대 끝으로 가서는 차트를 살펴보았다. 그는 시간을 확인한 후 차트에 뭔가 적어넣고, 어머니와 아버지를 바라보았다.

의사는 미남이었다. 그의 피부는 윤기가 흐르고, 햇빛에 검게 그을려 있었다. 스리피스 양복을 입었으며, 밝은 색상의 넥타이를 매고, 셔츠에는 커프스 단추를 달고 있었다.

어머니는 자신에게 이렇게 말하고 있었다. 이 의사는 청중과 함께 있다가 이제 막 돌아온 거야. 그는 특별한 메달을 받았어.

의사는 말했다.

"안심하기는 이르지만 걱정할 것도 없습니다. 곧 깨어날 겁니다."

의사는 다시 소년을 쳐다보았다.

"테스트 결과가 나오면 좀더 많은 것을 알게 될 겁니다."

"오, 안 돼요."

어머니가 말했다.

"가끔 이런 경우가 있습니다."

"그렇다면 이건 혼수상태는 아니죠?"

아버지는 대답을 기다리며 의사를 쳐다보았다.

"아닙니다. 그렇게 말하고 싶지는 않군요. 그는 잠을 자고 있습니다. 회복중이죠. 몸이 해야 할 일을 하고 있는 거죠."

어머니는 말했다.

"이건 혼수상태예요. 일종의 혼수상태라구요."

의사는 대답했다.

"그렇게 말하고 싶지는 않군요."

그는 여자의 손을 잡고 토닥여주었다. 그는 남편과 악수했다.

여자는 손가락을 아이의 이마에 댄 채 잠시 그대로 있었다.

"최소한 열은 없어요."

그런 다음 그녀는 이야기했다.

"모르겠어요. 머리를 한번 만져봐요."

남자는 손가락을 소년의 이마에 올려놓았다. 아버지는 말했다.

"열이 없는 건 자연스러운 일인 것 같아."

여자는 입술을 깨문 채로 좀더 그곳에 서 있었다. 그런 다음 그녀는 의자로 가서 앉았다.

남편은 그녀 옆의 의자에 앉았다. 그는 무슨 다른 말을 하고 싶었다. 하지만 무슨 말을 해야 좋을지 몰랐다. 그는 그녀의 손을 잡아 자신의 무릎에 올려놓았다. 그렇게 하자 기분이 조금은 나아졌다. 그것을 통해 자신이 무슨 말인가 하고 있는 것처럼 느껴졌다. 그들은 잠시 그렇게 소년을 바라보며 아무 말 없이 앉아 있었다. 그녀가 손을 빼기 전까지 그는 이따금 그녀의 손을 꼭 쥐었다.

"기도를 하고 있었어요."

그녀가 말했다.

"나도 그래. 기도하고 있어."

간호사가 다시 와서 병 속의 액체를 점검했다.

어느 의사가 와서 자기 이름을 댔다. 그는 가운을 입고 있었다.

"아이를 아래층으로 데려가 사진을 좀더 찍으려 합니다. 그리고 스캔도 할 겁니다."

"스캔이라고요?"

어머니가 물었다. 그녀는 새로 온 의사와 침대 사이에 서 있었다. 그가 대답했다.

"아무것도 아닙니다."

"맙소사."

잡역부 두 사람이 들어왔다. 그들은 침대 같은 것을 밀고 들어왔다. 그들은 소년의 몸에서 튜브를 떼어내고 바퀴 달린 침대 위로 옮겼다.

생일인 소년이 다시 입원실로 나온 것은 해가 뜬 후였다. 어머니와 아버지는 잡역부를 따라 엘리베이터를 타고 그 방으로 올라갔다. 다시 한번 부모는 침대 옆에 자리를 마련했다.

그들은 하루종일 기다렸다. 소년은 깨어나지 않았다. 의사가 다시 와서 소년을 진찰한 다음 똑같은 말을 하고 갔다. 간호사들이 들어왔다. 의사들도 들어왔다. 기술자가 들어와 혈액을 채취했다.

"이해가 안 돼요."

어머니가 기술자에게 말했다.

"의사 선생님의 지시죠."

기술자가 대답했다.

어머니는 창가로 가서 주차장을 내다보았다. 불을 켠 차들이 들락거리고 있었다. 그녀는 창턱에 손을 올려놓은 채 창가에 서 있었다. 그녀는 자기 자신에게 이렇게 말하고 있었다. 이제 우리는 정말 어려운 상황에 처하게 되었어.

그녀는 무서웠다.

그녀는 자동차 한 대가 멈추고 긴 외투를 입은 어느 여자가 거기에 타는 것을 보았다. 그녀는 자기가 바로 그 여자라고 상상해보려 했다. 그녀는 자신이 여기에서 다른 어떤 곳으로 차를 몰고 가고 있다고 생각하려 했다.

의사가 들어왔다. 그는 햇빛에 그을려 있었고, 그 어느 때보다도 건강해 보였다. 그는 침대로 가서 소년을 진찰했다.

"조짐이 좋아요. 모든 것이 괜찮아요."

의사가 말했다.

"하지만 애는 아직도 자고 있어요."

"그렇군요."

의사는 말했다.

"아내는 지쳤소. 그리고 아무것도 먹지 못했어요."

남편이 말했다.

"쉬도록 하세요. 그리고 뭘 좀 드세요, 앤."

의사가 대답했다.

"고맙소."

남편이 말했다.

그는 의사와 악수를 나눴고, 의사는 그들의 어깨를 두드려준 후 나갔다.

"우리 중 한 사람은 집에 가 필요한 일을 해야 할 것 같아. 개밥도 줘야잖소."

"이웃에 전화를 해요. 부탁을 하면 누군가 밥을 줄 거예요."

그녀는 누구에게 부탁을 할지 생각해보려고 애썼다. 눈을 감고 뭐든 생각해보려 애썼다. 잠시 후 그녀는 말했다.

"내가 하죠. 내가 여기서 지켜보고 있지 않으면 아이가 깨어날지도 몰라요. 아이가 깨어나지 않는 건 내가 지켜보고 있기 때문인지도 몰라요."

"그럴 수도 있지."

남편이 말했다.

"집에 가 목욕을 하고 깨끗한 옷을 입어야겠어요."

"그렇게 하도록 해요."

그녀는 지갑을 집어들었다. 그는 그녀가 외투를 입는 것을 도와주었다. 그녀는 문 쪽으로 갔고, 뒤를 돌아보았다. 그녀는 아이를 보았고, 그런 다음 아이 아버지를 보았다. 남편은 고개를 까딱하며 미소를 지어 보였다.

그녀는 간호사들이 있는 창구를 지나 복도 끝으로 갔고, 거기서 고개를 돌리자 작은 대기실 하나가 보였다. 대기실 안에는 어느 가족이 있었는데, 모두 고리버들로 만든 의자에 앉아 있었다. 카키색 셔츠를 입고 야구 모자를 뒤로 돌려 쓴 남자, 실내복에 슬리퍼를 신고 있는 여자, 그리고 청바지를 입고 머리카락을 열 가닥도 넘게 땋은 소녀가 있었다. 테이블 위에는 얇은 포장지와 스티로폼과 커피 믹스, 그리고 소금과 후추 봉지가 널려 있었다.

"넬슨, 넬슨 이야긴가요?"

이렇게 말하는 여자의 눈이 커졌다.

"말씀해보세요. 넬슨 이야긴가요?"

여자가 의자에서 일어나려 했다. 그러나 남자가 손으로 그녀의 팔을 붙들고 있었다.

"이쪽으로, 이쪽으로."

남자가 말했다.

"미안해요. 난 엘리베이터를 찾고 있었어요. 우리 아들이 병원에 입원해 있죠. 엘리베이터를 찾을 수가 없어서요."

어머니가 대답했다.

"엘리베이터는 저쪽에 있어요."

남자는 손가락으로 오른쪽을 가리켰다.

"우리 아들은 차에 치였어요. 하지만 괜찮아질 거예요. 지금 충격을 받은 상태예요. 한데 어쩌면 일종의 혼수상태일지도 몰라요. 걱정되는 건 그거예요. 잠시 나갔다 오려고요. 목욕이나 좀 할까 하고요. 하지만 남편이 아이와 함께 있어요. 아이를 지켜보고 있죠. 내가 없는 사이 모든 것이 달라질 수도 있어요. 내 이름은 앤 와이스예요."

어머니가 말했다.

남자는 의자에 앉은 채로 몸을 움직였다. 그는 고개를 저었다.

그는 "우리 넬슨" 하고 중얼거렸다.

그녀는 진입로로 들어섰다. 집 뒤쪽에서 개가 뛰쳐나왔다. 개는 잔디 위에서 원을 그리며 돌았다. 그녀는 눈을 감은 채 머리를 운전대에 기댔다. 그녀는 엔진에서 틱틱, 하는 소리가 나는 것을 들었다.

그녀는 차에서 나와 현관으로 갔다. 불을 켠 후 차를 끓이기 위해 물을 올렸다. 깡통 하나를 따서 개에게 먹였다. 그녀는 찻잔을 들고 소파에 앉았다.

전화벨이 울렸다.

"네!"

그녀가 말했다.

"여보세요!"

"와이스 부인."

어떤 남자의 목소리가 말했다.

"그런데요, 제가 와이스 부인인데요. 스코티 때문인가요?"

"스코티 때문입니다."

목소리가 말했다.

"그래요, 스코티와 관련된 일로 전화드렸습니다."

여자들에게 우리가 간다고 말해줘

빌 재머슨과 제리 로버츠는 항상 제일 친한 친구였다. 둘은 오래된 서커스 터가 있는 남부 지역에서 자랐으며, 초등학교와 중학교를 함께 다녔고, 그후 아이젠하워 고등학교에 가서도 가능하면 같은 선생님의 수업을 받았으며, 셔츠와 스웨터와 끝이 좁아지는 바지를 서로 바꿔 입었고, 같은 소녀들과 데이트를 하고 섹스를 했는데, 이 모든 게 자연스럽게 여겨졌다.

여름이면 그들은 함께 일자리를 구했다. 그들은 벌목한 복숭아나무의 가지를 치고, 체리를 따고, 홉의 덩굴손을 따는 등, 귀찮게 할 윗사람이 없고 돈이 어느 정도 되는 일이면 뭐든 했다. 그러던 중 그들은 차 한 대를 같이 샀다. 대학 사학년이 되기 전 해에 그들은 돈을 추렴했고, 54년형 붉은 플리머스 한 대를 325달러에 샀다.

그들은 차를 공유했다. 차는 잘 굴러갔다.

하지만 제리는 1학기 말이 되기 전에 결혼을 했고, 학교를 중퇴하고는 로비즈 마트에서 상근직을 구했다.

빌 역시 그 아가씨와 데이트를 한 적이 있었다. 그녀의 이름은 캐롤이었는데, 그녀는 제리와 잘 지냈기 때문에 빌은 기회가 있을 때마다 그들의 집으로 갔다. 결혼한 친구가 있다고 생각을 하자 그는 자신이 좀더 나이 든 것처럼 느껴졌다. 그는 그들의 집에서 점심이나 저녁을 먹었고, 같이 엘비스나 빌 헤일리 앤드 더 카미츠*를 들었다.

하지만 때로 캐롤과 제리는 빌이 집에 있는데도 섹스를 하곤 했고, 그래서 그는 가보겠다고 양해를 구한 뒤 데존즈 서비스 스테이션으로 걸어가 콜라를 사 마셨는데, 그건 그 아파트에 침대가 하나밖에 없었고 그나마도 그것이 거실에 펼쳐지도록 되어 있는 붙박이형 침대였기 때문이었다. 그렇지 않은 경우 제리와 캐롤은 욕실로 들어갔고, 빌은 부엌으로 가서 찬장이나 냉장고 속에 관심이 있는 척하며 소리에 귀를 기울이지 않으려 했다.

그래서 그는 그들의 집을 더이상 자주 방문하지 않았다. 그는 유월에 졸업을 해서 대리골드 유업에 취직했고, 주 방위군에 입

---

* 1950년대에 활동한 로큰롤 밴드. 〈See You Later Alligator〉〈Rock Around the Clock〉 등의 히트곡이 있다.

대했다. 일 년이 못 되어 그는 우유 배달 라인을 하나 맡게 되었고, 린다와 사귀게 되었다. 빌과 린다는 제리와 캐롤의 집에 가서 맥주를 마셨고 레코드를 들었다.

캐롤과 린다는 잘 지냈고, 캐롤이 살짝 린다가 "좋은 사람"이라고 얘기했을 때 빌은 기분이 우쭐해졌다.

제리 역시 린다를 좋아했다.

"멋진 여자야."

제리가 말했다.

빌과 린다가 결혼했을 때 제리는 들러리를 섰다. 물론 피로연은 도넬리 호텔에서 열렸는데, 제리와 빌은 함께 떠들며 팔짱을 낀 채로 술을 탄 펀치 잔을 단숨에 비웠다. 한데 이 모든 행복의 와중에 빌은 제리를 쳐다보았고, 그가 스물두 살보다 더 나이 들어 보인다고 생각했다. 그때 제리는 두 아이의 행복한 아버지였으며, 로비즈 마트의 부 매니저로 승진했고, 캐롤은 다시 아이를 가지고 있었다.

그들은 매주 토요일과 일요일에 만났는데 공휴일까지 겹치면 더 자주 만났다. 날씨가 좋을 때면 그들은 제리의 집에서 핫도그 바비큐를 해먹었고, 다른 많은 것들과 마찬가지로 제리가 마트에서 공짜로 얻어온 어린이용 풀에서 아이들이 놀도록 내버려두었다.

제리는 멋진 집을 갖고 있었다. 그 집은 내치즈* 강을 굽어보는 언덕 위에 있었다. 주위에 다른 집들이 있긴 했지만 너무 가깝지는 않았다. 제리는 잘나갔다. 빌과 린다, 제리와 캐롤은 함께 시간을 보냈는데, 항상 제리의 집에서 만났다. 제리의 집에는 바비큐와 레코드가 있었고, 데리고 다니기에는 애들이 너무 많았기 때문이었다.

어느 토요일, 제리의 집에서 그 일이 일어났다.

여자들은 부엌에서 정리를 하고 있었다. 제리의 딸들은 뜰에서 플라스틱 공을 풀에 던지며 소리를 지르고 그것을 붙잡으려 물장구를 쳤다.

제리와 빌은 뜰에서 안락의자에 앉아 맥주를 마시며 느긋하게 시간을 보내고 있었다.

주로 빌이 얘기를 했다. 그는 자기들이 아는 사람들과 대리골드 사와 그가 사려고 하는 차 문이 네 개인 폰티악 카탈리나에 대한 얘기를 했다.

제리는 빨랫줄을 바라보거나 차고에 있는 68년형 셰브롤레를 바라보고 있거나 했다. 빌은 제리가 혼자 생각에 잠긴 거라고 생각했다. 그는 계속 뭔가를 응시하며 거의 말을 하지 않았다.

---

* 워싱턴 주, 야키마 군의 강과 계곡 이름. 레이먼드 카버가 죽기 전까지 거주했던 워싱턴 주 포트 앤젤레스와 가까운 곳에 있다.

빌은 의자에 앉은 채 몸을 움직여 담뱃불을 붙였다.

"뭐가 잘못됐어? 내가 무슨 말 하는지 알지?"

빌이 물었다.

제리는 맥주를 비운 후 깡통을 짓이겼다. 그는 어깨를 으쓱했다.

"너도 알잖아."

제리가 말했다.

빌은 고개를 끄덕였다.

"좀 나갔다 올까?"

제리가 물었다.

"좋은 생각이야. 여자들에게 다녀온다는 얘기를 할게."

빌이 대답했다.

그들은 내치즈 리버 고속도로를 타고 글리드*로 갔다. 운전은 제리가 했다. 날씨는 화창했고 따뜻했으며, 자동차 창문 사이로 바람이 불었다.

"어디로 갈까?"

빌이 물었다.

"공이나 좀 치지."

---

* 내치즈에서 5.4마일 떨어진 곳에 있는 워싱턴 주의 도시.

"좋아."

빌이 말했다. 그는 제리의 표정이 밝아지는 것을 보고 기분이 훨씬 나아졌다.

"남자들은 밖으로 나다녀야 해."

제리가 말했다. 그는 빌을 쳐다보았다.

"무슨 말인지 알지?"

빌은 이해했다. 그는 금요일 밤에 공장 동료들과 함께 볼링 시합하러 나가는 걸 좋아했다. 그는 일 주일에 두 번 술집에 들러 잭 브로더릭과 맥주 몇 잔 하는 것을 좋아했다. 그는 남자는 밖으로 돌아다녀야 한다고 알고 있었다.

"아직 붙어 있군."

레크리에이션 센터 앞쪽 자갈길에 차를 세우면서 제리가 말했다.

그들은 안으로 들어갔고, 빌은 제리가 뒤따라 들어올 수 있도록 문을 잡아주었다. 제리는 빌의 배를 가볍게 치며 안으로 들어갔다.

"어이, 거기!"

라일리였다.

"이봐, 어떻게들 지내?"

카운터 뒤에서 라일리가 미소를 지으며 다가왔다. 그는 체중이 많이 나갔으며 반소매 하와이 셔츠를 청바지 밖으로 꺼내 입고 있었다. 라일리는 "그래, 어떻게들 지냈어?" 하고 물었다.

"아, 입 다물고 올리*나 두 개 줘."

제리는 이렇게 말하며 빌을 향해 눈웃음을 쳤다.

"그래, 어떻게 지냈어, 라일리?"

라일리가 말했다.

"어디 있었어? 딴 건 필요 없어? 제리, 내가 널 마지막으로 봤을 때 네 마누라는 임신 육 개월째였지."

제리는 잠시 서서 눈을 깜박였다.

"그래, 올리나 줘."

빌이 말했다.

그들은 창문 근처의 등받이가 없는 의자에 앉았다. 제리가 말했다.

"뭔 놈의 술집이 이래, 라일리. 일요일 오후인데도 여자 하나 없잖아."

라일리는 웃음을 터뜨렸다. 그는 대답했다.

"다들 그걸 기원하면서 교회에 가 있는 모양인데."

그들은 각자 맥주 다섯 캔을 마셨고 두 시간에 걸쳐 볼링을 세 판, 당구를 두 판 쳤다. 라일리는 등받이가 없는 의자에 앉아 얘기

---

* 미국 워싱턴 주에서 생산되는 맥주 올림피아의 애칭.

를 하며 그들이 게임을 하는 동안 지켜보았으며, 빌은 계속 자신의 시계와 제리를 번갈아 쳐다보았다.

"그래, 어떻게 생각해, 제리? 응? 어떻게 생각해?"

빌이 재우쳐 물었다.

제리는 캔을 비운 후 짓이기더니 잠시 서서 손 안에 든 캔을 돌렸다.

돌아오는 고속도로에서 제리가 그 얘기를 꺼냈다. 그들은 시속 85에서 90마일 정도의 빠른 속도로 달렸다. 가구들을 실은 낡은 트럭을 막 지나치다가 그들은 젊은 여자 두 명을 보았다.

"저길 봐! 저게 기회인 거 같은데."

속도를 늦추면서 제리가 말했다.

제리는 일 마일 정도를 더 간 후 차를 세웠다.

"돌아가자. 한번 시도해보자."

제리가 말했다.

"맙소사. 모르겠어."

"이번 기회를 이용하면 되겠어."

"그래, 한데 난 잘 모르겠어."

"확실해."

빌은 자기 시계를 본 다음 주위를 둘러보았다. 그는 대답했다.

"네가 얘기를 해. 내 말솜씨는 녹슬었다구."

제리는 차를 돌리며 경적을 울렸다.

여자들 근처에 다다르자 그는 속도를 줄였다. 그는 건너편 갓길에 셰브롤레를 세웠다. 여자들은 자전거를 멈추지 않았지만 서로 쳐다보며 웃었다. 도로 안쪽에 있는 여자는 머리칼이 검고, 키가 컸으며 호리호리했다. 다른 여자는 머리카락이 밝았고 더 작았다. 둘 다 반바지에, 어깨 끈이 달리고 잔등이 파인 운동복 차림이었다.

"저년들."

제리는 U턴을 하려고 차들이 지나가기를 기다리면서 말했다.

"내가 갈색 머리를 맡지. 작은 애는 네 거야."

빌은 등을 앞좌석에 기대며 선글라스의 다리를 만졌다.

"쟤들은 아무것도 하지 않으려고 할걸."

"쟤들은 네 것이 될걸."

제리가 대꾸했다. 그는 도로를 건너 차를 뒤로 몰았다.

"준비해."

빌은 자전거를 탄 여자들에게 말을 걸었다.

"안녕. 내 이름은 빌이야."

"좋은 이름이네."

갈색 머리가 대답했다.

"어딜 가?"

여자들은 대답하지 않았다. 키 작은 여자가 웃었다. 그들은 계속 자전거 페달을 밟았고 제리는 계속 차를 몰았다.

"오, 이봐. 어딜 가는 거야?"

빌이 물었다.

"아무 데도 안 가."

키 작은 여자가 대답했다.

"아무 데도 아닌 데가 어디지?"

"알고 싶지 않을걸."

키 작은 여자가 대답했다.

"나는 내 이름을 밝혔어. 네 이름은 뭐야? 내 친구 이름은 제리야."

여자들은 서로 쳐다보며 웃었다.

뒤에서 차가 한 대 왔다. 운전자가 경적을 울렸다.

"망할 자식!"

제리가 소리쳤다.

그는 차를 길가에 대고 시동을 건 채로 멈춰 서 있었다. 그런 다음 후진을 해서 여자들과 나란히 갔다.

"태워주지. 원하는 어디든 데려다주지. 약속할게. 자전거를 타느라 피곤할 게 틀림없어. 피곤해 보여. 운동을 너무 많이 하는 건 좋지 않아. 특히 아가씨들한테는."

빌이 말했다.

여자들은 웃었다.

"그렇지? 이제 이름들을 말해봐."

"나는 바버라고 쟤는 샤론이야."

키 작은 여자가 말했다.

"좋아! 이제 어딜 가는지 알아내봐."

제리가 빌에게 말했다.

"어딜 가는 거야? 바브?"

빌이 물었다.

그녀는 웃었다.

"아무 데도 안 가. 그냥 길을 따라 가는 거야."

"길 따라 어딜?"

"얘기를 해줄까?"

그녀가 다른 여자에게 물었다.

"마음대로 해."

다른 여자가 대답했다.

"상관없어. 어쨌든 난 누구와 어디에도 가지 않을 거니까."

이름이 샤론이라는 여자가 말했다.

"어딜 가는 거야? 픽처 록에 가는 거야?"

빌이 물었다.

여자들은 웃었다.

"거길 가는 거라구."

제리가 말했다.

그는 셰브롤레의 페달을 밟았고, 갓길에 멈춰 여자들이 다가오길 기다렸다.

"그러지 마."

제리가 말했다.

"이봐. 우린 서로 소개가 끝났잖아."

여자들은 그냥 계속 가기만 했다.

"물어뜯지 않을게!"

제리가 소리쳤다.

갈색 머리가 뒤를 돌아보았다. 제리가 보기엔 그녀가 바로 그런 방식으로 자기를 쳐다본 것 같았다. 하지만 여자와 관련하여 확실한 것이란 없다.

제리는 다시 고속도로로 들어섰고, 타이어 아래에서 흙과 자갈이 날아올랐다.

"다시 만나!"

속도를 내어 그들 곁을 지나가는 순간 빌이 소리쳤다.

"그건 가방 안에 있어."

제리가 말했다.

"저년이 내게 지은 표정 봤어?"

"모르겠어. 어쩌면 집으로 돌아가야 할 것 같은데."

"우린 해냈어!"

제리가 말했다.

그는 나무 한 그루 아래에 나 있는 길에 차를 세웠다. 고속도로
는 이곳 픽처 록에서 갈라져 하나는 야키마로, 다른 하나는 내치
즈, 이넘클로, 치누크 패스, 시애틀로 향했다.

길에서 백 야드쯤 떨어진 곳에 낮은 능선의 일부를 이루고 있는
경사지고 높은 검은색 바위 언덕이 있었고, 그 사이로 오솔길과
작은 동굴이 있었는데 동굴 벽 여기저기에는 인디언들이 그린 그
림들이 있었다. 바위의 절벽 쪽은 고속도로를 마주하고 있었는데
그곳에는 온통 다음과 같은 것들이 적혀 있었다. 내치즈 67 — 글
리드 와일드캣 — 예수님이 우리를 구원하시니 — 야키마를 때려
부수자 — 지금 당장 회개하라.

그들은 차에 앉아 담배를 피웠다. 모기가 들어와 그들의 손을
물려고 했다.

"맥주라도 있었으면 좋겠군. 맥주를 마시고 싶어."

제리가 말했다.

빌은 "나도" 하고 대답하며 시계를 보았다.

여자들의 모습이 보이자 제리와 빌은 차 밖으로 나왔다. 그들은 앞 범퍼에 몸을 기댔다.

"잊지 마."

차에서 멀어지며 제리가 말했다.

"검은 머리가 내 거야. 너는 다른 애를 맡아."

여자들은 자전거를 버려두고 오솔길 위를 오르기 시작했다. 그들은 굽은 길 사이로 사라졌다가 다시 좀더 높은 곳에서 모습을 나타냈다. 그들은 그곳에 서서 아래를 내려다보았다.

"너희들 왜 우리를 따라오는 거야?"

갈색 머리가 아래쪽을 향해 소리쳤다.

제리는 오솔길을 오르기 시작했다.

여자들은 몸을 돌려 다시 조금 빠른 속도로 걸었다.

제리와 빌은 계속 산책하는 듯한 걸음으로 올라갔다. 빌은 담배를 피우고 있었고, 자주 걸음을 멈추며 연기를 깊이 빨아들였다. 오솔길이 굽어지는 곳에서 그는 뒤를 돌아보았고 차를 흘깃 보았다.

"빨리 와!"

제리가 말했다.

"가고 있어."

빌이 대답했다.

그들은 계속 올라갔다. 하지만 빌은 간간이 호흡을 가다듬어야 했다. 그는 이제 차를 볼 수 없었다. 고속도로도 보이지 않았다. 왼편 아래쪽 멀리에는 내치즈 협곡이 알루미늄 호일처럼 뻗어 있는 것이 보였다.

"너는 오른쪽으로 가. 나는 곧장 갈 테니까. 우리를 놀리는 저 것들을 붙잡자."

제리가 말했다.

빌은 고개를 끄덕였다. 그는 숨을 헐떡이느라 말을 제대로 하지 못했다.

그는 조금 더 높은 곳으로 올라갔고, 오솔길은 계곡을 향해 내려가고 있었다. 그는 주위를 둘러보았고 여자들을 발견했다. 그는 그들이 바위 뒤에 몸을 웅크리고 있는 걸 보았다. 웃고 있는 것 같기도 했다.

빌은 담배를 한 대 꺼냈다. 하지만 불을 붙일 수가 없었다. 그때 제리가 모습을 나타냈다. 하여튼 그뒤로 그건 중요하지 않았다.

빌은 그냥 섹스를 원했다. 아니면 그들의 알몸이라도 보고 싶었다. 하지만, 성공하지 못한다 해도 상관없었다.

그는 제리가 원하는 것이 무엇인지 결코 알지 못했다. 하여튼 그건 바위로 시작하여 바위로 끝났다. 제리는 같은 바위를 두 여자에게, 처음에는 샤론이라는 여자에게, 그 다음에는 빌리의 몫인 여자에게 사용했다.

청바지 다음에

이디스 패커는 카세트의 이어폰을 귀에 꽂고 담배 한 대를 피웠다. 텔레비전은 소리나지 않게 켜져 있었고, 그녀는 다리를 모은 채로 소파에 앉아 잡지의 페이지를 넘겼다. 제임스 패커가 손님 방에서 나왔는데, 그는 그곳을 사무실로 쓰고 있었다. 이디스 패커는 귀에서 이어폰을 뽑았다. 담배를 재떨이에 넣고 그녀는 발을 뻗어 발가락을 흔들며 인사를 했다.

"가는 거야 안 가는 거야?"

그가 물었다.

"갈 거예요."

이디스 패커는 고전 음악을 좋아했지만 제임스 패커는 좋아하지 않았다. 그는 은퇴한 회계사였다. 하지만 가끔 몇몇 오래된 고

객들의 소득세 신고 업무를 대신 해주곤 했는데, 그는 일을 할 때 음악을 틀어놓는 걸 좋아하지 않았다.

"갈 거면 가."

그는 텔레비전을 보더니 다가가서 껐다.

"갈 거예요."

그녀는 잡지를 덮고 일어났다. 그리고 방을 나와 집 뒤편으로 갔다.

그는 그녀를 뒤따라가서 뒷문이 잠겨 있고 현관 불이 켜져 있는지 확인했다. 그런 다음 그는 거실에 서서 기다렸다.

마을 회관까지는 차로 십 분 거리였고, 그걸 계산에 넣으면 그들은 첫번째 게임을 놓치게 되어 있었다.

제임스가 항상 주차하던 곳에는 스티커가 붙어 있는 낡은 밴이 한 대 서 있었고, 그 때문에 그는 그 구역의 끝까지 계속 가야 했다.

"오늘 밤에는 차가 많네요."

이디스가 말했다.

"정시에 왔으면 그렇게 많지 않았을 거야."

"그래도 많았을 거예요. 우리가 그걸 직접 보진 못했을 테지만."

그녀는 놀리듯 그의 소매를 꼬집었다.

"이디스, 빙고를 할 거면 정시에 와야 해."

"그만 해요."

그는 주차 공간을 발견하고 그곳으로 갔다. 그는 시동을 끄고 라이트를 껐다.

"오늘 밤 운이 있을지 모르겠군. 하워드의 세금 계산을 해줄 때는 운이 좋을 것처럼 생각되었어. 하지만 지금은 어떨지 모르겠어. 게임을 하러 가기 위해 반 마일이나 걸어야 한다면 운이 좋은 게 아냐."

"내 옆에 붙어 있어요. 운이 좋게 느껴질 거예요."

"아직은 좋을 것 같지 않아. 그쪽 문을 잠가."

차가운 미풍이 불었다. 그는 점퍼의 지퍼를 목까지 올렸고, 그녀는 외투를 여몄다. 그들은 건물 뒤 절벽 아래에 있는 바위에 파도가 부딪히는 소리를 들을 수 있었다.

"먼저 담배를 당신 걸로 한 대 피워야겠어요."

그녀가 말했다.

그들은 모퉁이의 가로등 아래에 멈춰 섰다. 가로등은 망가져 있었고, 그것을 지탱하기 위해 전선이 부착되어 있었다. 전선이 바람에 움직이며 포장된 도로 위에 그림자를 만들었다.

"언제 끊을 거야?"

그녀의 담배에 불을 붙여준 후 자기 담배에 불을 붙이며 그가 말했다.

"당신이 끊으면요. 당신이 끊으면 그때 끊을게요. 당신이 술을 끊었을 때처럼. 그렇게. 당신처럼."

"뜨개질하는 걸 가르쳐줄 수도 있어."

"집안에 뜨개질하는 사람은 한 사람만 있어도 돼요."

그가 그녀의 팔짱을 끼었고, 그들은 계속 걸어갔다.

입구에 이르자 그녀는 담배를 떨어뜨리고 신발로 짓밟았다. 그들은 계단을 올라가 로비로 들어갔다. 방에는 소파 하나와 나무 테이블 하나가 있었고 접의자가 쌓여 있었다. 벽에는 낚싯배와 군함들의 사진이 걸려 있었는데 그중 하나에는 뒤집어진 배와, 배의 용골에 서서 손을 흔드는 사람의 모습이 있었다.

패커 부부는 로비를 지나갔다. 복도에 들어섰을 때 제임스는 이디스의 팔짱을 끼고 있었다.

홀에 들어갔을 때 몇몇 클럽 여직원들이 문간에 앉아 사람들의 서명을 받고 있었다. 이미 게임이 진행중이었고, 무대에 선 여자가 숫자들을 외쳤다.

패커 부부는 늘 앉던 테이블로 서둘러 갔다. 하지만 그들이 늘 앉던 자리에 어떤 젊은 커플이 앉아 있었다. 여자는 청바지를 입고 있었는데, 그녀와 함께 있는 긴 머리의 남자도 마찬가지였다. 그녀는 반지와 팔찌, 귀고리를 주렁주렁 매달고 있었고 그것은 흐릿한 불빛 속에서도 반짝였다. 패커 부부가 다가갔을 때, 여자는 함께 온 남자에게 고개를 돌리며 손가락으로 카드에 적힌 숫자를 가리켰다. 그런 다음 그녀는 그의 팔을 꼬집었다. 남자는 머리를 뒤로 묶고 있었는데 패커 부부는 다른 것도 보았다. 그것은 남자의 귓불에 걸린 작은 금 고리 장식이었다.

제임스는 이디스를 다른 테이블로 안내했고, 자리에 앉기 전에 다시 한번 주위를 둘러보았다. 그는 우선 점퍼를 벗은 후 이디스가 외투를 벗도록 도와주었고, 그런 다음 자기들의 자리를 차지하고 있는 커플을 쳐다보았다. 숫자가 불리는 동안 여자는 자기 카드를 훑어보면서 몸을 숙여 남자의 카드도 함께 살펴보았는데, 그 모양은 제임스가 생각하기에는 남자가 자기 숫자도 확인하지 못할 만큼 무디기 때문인 듯 보였다.

제임스는 테이블에 놓여 있는 빙고 카드 뭉치를 집어들었다. 그는 절반을 이디스에게 주었다.

"우승 카드를 집어봐. 나는 이 세 장을 위에 놓을 거야. 무슨 카드를 집든 상관없어. 이디스, 오늘 밤에는 운이 좋을 것 같지 않아."

"더이상 신경 쓰지 말아요. 저 사람들이 누구를 해치고 있는 게 아니잖아요. 그냥 젊은 사람들일 뿐이에요, 그게 다라구요."

"매주 금요일 밤에 열리는 이 빙고 게임은 지역 주민들을 위한 것이야."

"여긴 자유 국가라고요."

그녀는 카드 뭉치를 다시 건네주었다. 그는 그것을 테이블의 다른 쪽에 놓았다. 그런 다음 그들은 콩을 한 사발 가져왔다.

제임스는 빙고가 열리는 밤을 위해 간수해둔 지폐 뭉치에서 일 달러짜리 지폐 하나를 벗겨냈다. 그는 그 돈을 자기 옆에 놓았다. 머리칼에 푸른빛이 돌고, 목에 점이 하나 있는 깡마른 클럽 여직원 하나 — 패커 부부는 그녀의 이름이 앨리스라는 것밖에는 몰랐다 — 가 커피 깡통을 들고 돌아다녔다. 그녀는 동전과 지폐를 모았고, 캔에 든 잔돈을 바꿔주었다. 이 여자나 다른 여자가 승자에게 돈을 지불했다.

무대 위의 여자가 "I-25" 하고 소리쳤고, 홀에 있던 누군가가 "빙고!" 하고 소리쳤다.

앨리스는 테이블 사이로 걸어갔다. 그녀는 우승 카드를 집어들었고, 무대 위에 있던 여자가 우승 숫자를 읽었다.

"빙고입니다."

앨리스가 확인을 했다.

무대 위의 여자가 소리쳤다.

"신사 숙녀 여러분, 이번 빙고는 십이 달러입니다! 승자에게 축하를 보냅니다!"

패커 부부는 다섯 게임을 더 했지만 소용이 없었다. 제임스는 한번은 거의 빙고를 부를 뻔했다. 하지만 연이어 불린 숫자 다섯 개 중 그의 숫자와 일치하는 것이 없었고, 다섯번째 숫자가 불렸을 때 다른 누군가의 카드가 당첨되었다.

"이번에는 거의 될 뻔했었는데. 당신 카드를 보고 있었어요."

"저 여자가 나를 놀렸어."

제임스가 말했다.

그는 카드를 기울여 위에 놓여 있던 콩을 손안에 쓸어담았다. 그는 손을 닫아 주먹을 쥐었다. 그는 주먹 안에 든 콩을 흔들었다. 창 밖으로 콩알을 던지던 한 소년에 대한 생각이 났다. 그 기억은 오래 전 과거로부터 온 것이었고, 그는 그것 때문에 외로움을 느꼈다.

"카드를 바꿔봐요."

이디스가 말했다.

"난 오늘 밤은 글렀어."

그는 다시 젊은 커플을 쳐다보았다. 그들은 남자가 말한 것 때문에 웃고 있었다. 제임스는 그들이 홀 안의 어느 누구에게도 신경 쓰지 않고 있는 것을 보았다.

앨리스가 다음 게임을 위해 돈을 받으며 돌아다니고 있었다. 첫 숫자가 불린 직후 제임스는 청바지 입은 사내가 돈을 지불하지도 않은 카드 위에 콩 하나를 내려놓는 것을 보았다. 또다른 숫자가 불렸고, 제임스는 그 사내가 또 그러는 걸 보았다. 제임스는 깜짝 놀랐다. 그는 자기 카드에 집중할 수가 없었다. 그는 계속해서 청바지 입은 사내가 하는 짓을 지켜보았다.

"제임스, 당신 카드를 봐요. N-34를 놓쳤어요. 주의 좀 해요."

"저기 우리 자리를 차지한 저놈이 속임수를 쓰고 있어. 믿을 수가 없군."

제임스가 말했다.

"어떻게요?"

"돈 내지 않은 카드를 쓰고 있어. 누군가 알려야 할 것 같아."

"당신은 그냥 있어요, 여보."

그녀는 천천히 말하면서, 카드에서 눈을 떼지 않았다. 그녀는 콩 하나를 숫자 위에 떨어뜨렸다.

"저놈이 속임수를 쓰고 있다구."

그녀는 손바닥에서 콩 하나를 들어 숫자 위에 올려놓았다.

"당신 카드나 봐요."

그는 다시 카드를 보았다. 하지만 그는 이번 게임이 어떻게 되든 상관없다는 것을 알고 있었다. 자신이 얼마나 많은 숫자를 놓쳤는지, 얼마나 뒤처졌는지도 알 수 없었다. 그는 주먹 속의 콩들을 꽉 쥐었다.

무대 위의 여자가 "G-60" 하고 소리쳤다.

"빙고!"

누군가 소리쳤다.

"맙소사."

제임스 패커가 말했다.

십 분간 휴식이 선포되었다. 휴식 후의 게임은 블랙아웃 방식이었는데 카드 한 장에 1달러짜리로, 승자가 모든 돈을 갖게 되며 이번 주까지 쌓인 상금은 구십팔 달러였다.

휘파람 소리와 박수 소리가 들렸다.

제임스는 그 커플을 보았다. 사내는 귀고리를 만지며 천장을 올려다보고 있었다. 여자는 그의 다리 위에 손을 올려놓고 있었다.

"화장실에 가야겠어요. 당신 담배 좀 줘요."

"건포도 쿠키와 커피를 사올게."

제임스가 말했다.

"화장실 갈게요."

하지만 제임스 패커는 쿠키와 커피를 사러 가지 않았다. 대신 그는 청바지 입은 사내가 앉아 있는 뒤에 다가가서 섰다.

"자네가 하고 있는 짓을 보고 있어."

제임스가 말했다.

남자는 고개를 돌렸다.

"뭐라고요? 내가 뭘 하고 있는데요?"

그는 대답하면서 제임스를 쳐다보았다.

"그건 자네가 알잖아."

여자는 쿠키를 반쯤 깨물다가 말았다.

"현명하게 처신해."

제임스가 말했다.

그는 자기 테이블로 돌아갔다. 그는 몸을 떨고 있었다.

다시 자리로 돌아온 이디스는 그에게 담배를 건네준 후 자리에 앉았는데, 말도 없고 그녀다운 쾌활함도 없었다.

제임스는 그녀를 가까이 들여다보았다.

"이디스, 무슨 일이 있었어?"

"다시 새고 있어요."

"새고 있다니?"

그가 되물었다. 하지만 그는 그녀가 무슨 말을 하는지 알고 있었다.

"새고 있단 말이지."

그는 아주 조용히 되뇌었다.

"오, 여보."

이디스 패커는 카드를 몇 장 집어들어 섞으며 말했다.

"집에 가야 할 것 같아."

그가 말했다.

그녀는 계속해서 카드를 섞었다.

"아니에요, 그냥 있어요. 그냥 좀 샜을 뿐이에요, 그게 다예요."

그는 그녀의 손을 잡았다.

"그대로 있도록 해요. 괜찮을 거예요."

그녀가 말했다.

"빙고 역사상 최악의 밤이군."

제임스 패커가 말했다.

그들은 블랙아웃 게임을 했고, 제임스는 청바지 입은 남자를 지켜보았다. 사내는 돈을 지불하지 않고 카드 게임을 하면서 그곳에 머물러 있었다. 이따금 제임스는 이디스가 어쩌고 있는지 보았다. 하지만 상태가 어떤지는 알 수 없었다. 그녀는 입술을 삐

죽 내밀고 있었다. 그것은 어떤 것이든 의미할 수 있었다. 단호함, 걱정, 또는 고통. 아니면 그녀는 이 게임을 할 때만 그렇게 입술을 내밀고 있는 걸 좋아하는지도 모른다.

청바지 입은 남자와 함께 있던 여자가 소리를 질렀을 때, 그는 숫자 세 개가 일치하는 카드 한 장에 다섯 개가 일치하는 다른 한 장, 그리고 아무것도 일치하지 않는 셋째 것 한 장을 들고 있었다.

"빙고! 빙고! 빙고! 빙고예요!"

사내는 손뼉을 치며 여자와 함께 소리를 질렀다.

"빙고예요! 빙고예요, 여러분! 빙고예요!"

청바지 입은 남자는 계속 손뼉을 쳤다.

무대 위에 있던 여자가 그녀의 테이블로 가서 카드를 목록과 대조했다.

"이 젊은 여성분이 빙고입니다. 상금은 구십팔 달러입니다! 박수를 쳐주십시오, 여러분! 여기 빙고입니다! 블랙아웃입니다!"

여자가 말했다.

이디스는 나머지 사람들과 함께 손뼉을 쳤다. 하지만 제임스는 손을 테이블 위에 올려놓은 채 그대로 있었다.

무대에서 내려온 여자가 돈을 건네주자 청바지 입은 사내는 자기 여자를 끌어안았다.

"저들은 마약을 사는 데 저 돈을 사용할 거야."

제임스가 말했다.

그들은 나머지 게임을 하는 동안 그대로 남아 있었다. 마지막 게임이 끝날 때까지 있었다. 그것은 프로그레시브 방식의 게임으로, 많은 숫자가 불렸는데도 빙고가 나오지 않을 경우 매주 상금이 올라갔다.

제임스는 돈을 내려놓고 우승에 대한 기대도 없이 카드를 했다. 그는 청바지 입은 남자가 "빙고!" 하고 소리치기를 기다렸다.

하지만 누구도 우승을 하지 못했고, 상금은 다음 주로 넘어가 그 어느 때보다도 커질 것이다.

"오늘 밤 빙고 게임은 이것으로 끝입니다!"

무대 위의 여자가 선언했다.

"모두 와주셔서 감사합니다. 하나님의 축복이 있길. 안녕히 주무십시오."

패커 부부는 나머지 사람들과 함께 홀을 나왔지만 어쩌다 보니 청바지 입은 사내와 그의 여자 뒤로 처지게 되었다. 그리고 여자가 자기 호주머니를 두드리는 것을 보았다. 그리고 여자가 사내의 허리에 팔을 두르는 것을 보았다.

"저들이 앞서 가게 하지. 저들이 눈에 보이는 걸 참을 수가 없어."

제임스는 이디스의 귀에 속삭였다.

이디스는 아무 대답도 하지 않았다. 하지만 그녀는 커플이 먼저 가도록 걸음을 조금 늦췄다.

밖에는 바람이 일고 있었다. 제임스는 시동 거는 소리 너머로 파도 소리를 들을 수 있을 거라고 생각했다.

그는 커플이 아까 그 밴 앞에 멈추는 것을 보았다. 당연한 일이었다. 사실을 종합해보면 당연한 결론이었다.

"멍청이 같으니라고."

제임스 패커가 말했다.

이디스는 욕실로 들어가 문을 닫았다. 제임스는 점퍼를 벗어 소파 뒤에 내려놓았다. 그는 텔레비전을 켠 후 자리를 잡고 기다렸다.

잠시 후 이디스가 욕실에서 나왔다. 제임스는 텔레비전에 주의를 기울였다. 이디스는 부엌으로 가서 수돗물을 틀었다. 제임스는 그녀가 수도꼭지를 잠그는 소리를 들었다. 이디스가 거실로 나와 이야기했다.

"나, 아침에 크로퍼드 박사님을 찾아가봐야겠어요. 아래쪽이 안 좋은 것 같아요."

"운이 없었어."

그녀는 그대로 서서 고개를 흔들었다. 그가 다가와 그녀에게 팔을 두르자 그녀는 눈을 감고 그에게 몸을 기댔다.

"이디스, 사랑하는 이디스."

제임스 패커가 말했다.

그는 당황스러웠고 겁이 났다. 그는 다소 엉거주춤하게 아내를 안은 채로 서 있었다.

그녀는 그의 얼굴을 찾아 입술에 키스를 한 다음 잘 자라고 했다.

그는 냉장고가 있는 곳으로 갔다. 문이 열린 냉장고 앞에 서서 토마토 주스를 마시며 그 안에 있는 모든 것들을 꼼꼼히 살펴보았다. 차가운 공기가 그에게 닿았다. 그는 선반 위의 작은 포장과 용기, 보호받고 있는 전시물처럼 비닐 랩에 깔끔히 싸여 있는 닭을 보았다.

그는 문을 닫고 주스의 마지막 한 모금을 들이켰다. 그런 다음 입을 행구고 인스턴트 커피 한 잔을 만들었다. 그는 그것을 들고 거실로 갔다. 텔레비전 앞에 앉아 담배를 한 대 붙였다. 그는 이 모든 게 망가지려면 미치광이 한 명에 횃불 하나만으로도 충분하다는 걸 잘 알고 있었다.

그는 담배를 피우고 커피를 마저 마신 다음 텔레비전을 껐다. 침실 문 쪽으로 가서 그는 잠시 귀를 기울였다. 가만히 서서 귀 기울이고 있자니 자신이 무가치하게 느껴졌다.

왜 다른 사람이 아니란 말인가? 왜 오늘 밤 그자들이 아니란 말인가? 왜 새처럼 자유롭게 인생을 항해하는 다른 사람들이 아니란 말인가? 왜 그들 대신 하필 이디스란 말인가?

그는 침실 문에서 물러났다. 잠시 산책을 할까 하는 생각도 했다. 하지만 이제 바람이 사납게 불고 있었고, 집 뒤쪽의 자작나무 가지에서 나는 소리가 들렸다.

그는 다시 텔레비전 앞에 앉았다. 하지만 이번에는 그것을 켜지 않았다. 그는 담배를 피우면서 그 두 사람이 바로 앞을 지나갈 때의 그 건들건들하고 거만한 걸음걸이를 생각했다. 그들도 이런 것을 알고 있다면. 누군가 그들에게 한 번이라도 이야길해줬다면. 단 한 번이라도!

그는 눈을 감았다. 그는 아침에 일찍 일어나 아침 식사 준비를 할 것이다. 그는 그녀와 함께 크로퍼드를 만나러 갈 것이다. 만약 대기실에서 그들과 마주칠 수 있다면! 그는 그들에게 응당 요구할 바를 말해줄 것이다! 그는 그들의 그 단정치 못함을 바로잡아줄 것이다! 또한 그들에게 청바지와 귀고리와 서로 몸을 만지작거리는 것과 게임에서 속임수를 쓰는 것 다음에 무엇이 찾아오게 될지 이야기해줄 것이다.

그는 자리에서 일어나 손님방으로 가서 침대 위의 램프를 켰다. 그는 책상 위에 있는 신문과 회계책과 계산기를 보았다. 서랍 속에서 그는 파자마 한 벌을 찾아냈다. 침대 위에 이불을 폈다. 그런 다음 집 뒤로 나가 전등을 끄고 문을 점검했다. 그는 잠시 서서 부엌 창 너머로 바람에 흔들리고 있는 나무를 바라보았다.

그는 현관의 전등을 켜놓은 채 손님방으로 돌아왔다. 그는 뜨개질 바구니를 옆으로 치우고 자수 재료들이 들어 있는 바구니를 챙긴 다음 의자에 앉았다. 그는 바구니 뚜껑을 열고 철제 자수테를 꺼냈다. 테에는 깨끗한 하얀 리넨이 가로질러 펼쳐져 있었다. 불빛 가까이 작은 바늘을 쥔 채 제임스 패커는 푸른색 비단실을 바늘구멍에 찔러 넣었다. 그런 다음 그는 한 뜸 한 뜸 수를 놓기 시작했다. 자신이 용골 위에 올라가 있던 남자처럼 손을 흔들고 있다고 믿으려 애쓰면서.

너무나 많은 물이 집 가까이에

남편은 왕성한 식욕을 보이며 먹는다. 하지만 그가 실제로 배가 고프리라고는 생각되지 않는다. 그는 팔을 식탁 위에 올려놓은 채 음식을 씹으면서 방 건너편의 뭔가를 노려본다. 그는 나를 쳐다본 후 다른 쪽을 본다. 그는 냅킨으로 입을 닦는다. 그는 어깨를 으쓱하며 계속해서 먹는다.

"왜 나를 노려보는 거야? 뭐야?"

그는 그렇게 말하며 포크를 내려놓는다.

"내가 노려봤어요?"

나는 고개를 젓는다.

전화벨이 울린다.

"받지 마."

"당신 어머니일 수도 있어요."

"그냥 있어."

나는 수화기를 들고 귀 기울인다. 남편은 먹던 것을 멈춘다.

"내가 뭐랬어?"

내가 수화기를 내려놓자 그가 말한다. 그는 다시 먹기 시작한다. 그런 다음 냅킨을 접시 위로 던진다.

"제기랄, 자기들 일에나 상관할 것이지! 내가 뭘 잘못했는지 얘기해봐. 들을 테니까! 나만 거기 있었던 게 아냐. 우리는 얘기를 했고 결론을 내렸어. 뒤집을 수는 없는 노릇이야. 우리는 차에서 오 마일이나 떨어져 있었어. 당신 판단은 인정할 수 없어. 내 말 듣고 있어?"

"알잖아요."

"내가 뭘 알지, 클레어? 내가 뭘 알아야 하는지 말해봐. 한 가지를 제외하고는 아무것도 모르겠어."

그는 자기가 생각하기에 의미 있어 보이는 표정을 지어 보인다.

"그녀는 죽었어. 그리고 나 역시 다른 모든 사람들과 마찬가지로 유감으로 생각해. 하지만 그녀는 죽었어."

"그게 핵심이죠."

그는 손을 든다. 그는 테이블의 자기 의자를 밀친다. 담배를 꺼내며 그는 맥주 캔을 들고 뒤쪽으로 나간다. 나는 그가 풀밭 의자에 앉아 다시 신문을 집어드는 모습을 본다.

그의 이름이 1면에 나 있다. 친구들의 이름과 함께.

나는 눈을 감고 싱크대를 붙든다. 그런 다음 나는 설거지대에
팔을 걸치다가 접시들을 바닥에 떨어뜨린다.

그는 움직이지 않는다. 나는 그가 그 소리를 들었다는 걸 안다.
그는 계속 들어보려는 듯 고개를 든다. 하지만 움직이지는 않는
다. 그는 고개를 돌리지 않는다.

그와 고든 존슨, 멜 던과 번 윌리엄스는 포커를 하고 볼링을 치
며 낚시를 한다. 그들은 매년 봄과 초여름, 친척들의 방문으로 방
해를 받기 전에 낚시를 하러 간다. 그들은 점잖으며, 열심히 일하
는 가정적인 사람들이다. 그들에게는 우리 아들 딘과 같은 학교
를 다니는 아들과 딸들이 있다.

지난 금요일 이 가정적인 남자들은 내치즈 강에 갔다. 그들은
산에 차를 세워놓고 낚시하는 곳까지 걸어갔다. 침낭과 음식, 카
드와 위스키도 가져갔다.

그들은 텐트를 치기 전에 그 소녀를 보았다. 멜 던이 그녀를 발
견했다. 그녀는 옷을 전혀 걸치지 않은 상태였다. 그녀는 물 위로
뻗은 나뭇가지에 끼여 있었다.

그는 다른 사람들을 불렀다. 사람들이 다가왔고 그것을 보았

다. 그들은 어떻게 할지 이야기했다. 그들 중 한 명 — 내 남편 스튜어트는 그게 누구였는지 말하지 않았다 — 이 즉시 돌아가야 한다고 말했다. 나머지 사람들은 모래를 발로 차며 그러고 싶지 않다고 했다. 그들은 피곤하며, 늦은 시간이고, 어쨌든 이 여자애가 어디 다른 곳으로 가지는 않을 거라고 했다.

결국 그들은 하던 일을 계속했고, 텐트를 쳤다. 그들은 불을 피웠고 위스키를 마셨다. 달이 떴을 때 그들은 여자애 얘기를 했다. 누군가 시신이 떠내려가지 않도록 해야 한다는 말을 했다. 그들은 손전등을 들고 다시 강으로 갔다. 그들 중 한 명 — 스튜어트였을 수도 있다 — 이 물 속으로 들어가 그녀를 붙잡았다. 그는 그녀의 손가락을 잡고 강가로 끌어냈다. 나일론 줄을 찾아 그녀의 손목을 묶은 다음 나무에 걸었다.

이튿날 아침 그들은 아침 식사를 만들었고, 커피와 위스키를 마셨으며, 그런 다음 각자 나뉘어 낚시를 했다. 그날 밤 그들은 물고기와 감자 요리를 했고, 커피와 위스키를 마신 다음 요리 기구와 접시들을 챙겨 강으로 내려가 여자애가 있는 그곳에서 설거지를 했다.

그후 그들은 카드를 쳤다. 아마 더이상 서로 얼굴이 보이지 않을 정도로 어두워질 때까지 쳤을 것이다. 번 윌리엄스는 자러 갔다. 하지만 다른 사람들은 이야기를 했다. 고든 존슨은 그들이 잡은 송어가 딱딱한 이유는 물이 끔찍할 정도로 차갑기 때문이라고 말했다.

이튿날 아침 그들은 느지막이 일어나 위스키를 마셨고, 낚시를 조금 한 후 텐트를 접고 침낭을 마는 등 물건들을 챙긴 후 떠났다. 그들은 전화가 있는 곳까지 차를 타고 갔다. 스튜어트가 전화를 하는 동안 다른 사람들은 햇빛 아래에 서서 귀를 기울였다. 그는 보안관에게 그들의 이름을 말했다. 숨길 것은 아무것도 없었다. 그들은 부끄럽지 않았다. 그들은 누군가 오면 방향을 알려주고 진술서를 작성하기 위해 기다리겠다고 했다.

그가 집에 돌아왔을 때 나는 자고 있었다. 하지만 그가 부엌에서 소리를 냈기 때문에 잠을 깼다. 나는 그가 맥주 캔을 든 채 냉장고에 기대어 있는 것을 보았다. 그는 무거운 팔을 내게 두르며 커다란 손으로 내 등을 문질렀다. 침대에서 그는 다시 내 몸 위에 손을 올려놓은 채로 다른 뭔가를 생각하는 듯 잠시 기다렸다. 나는 몸을 돌렸고 다리를 벌렸다. 그러고 난 후에도 아마 그는 잠을 자지 않았던 것 같다.

그날 아침 내가 침대에서 나오기 전에 그는 깨어 있었다. 신문에 뭔가 났는지 보기 위해서였던 것 같다.

여덟시가 넘자마자 전화벨이 울리기 시작했다.

"제기랄!"

나는 그가 소리치는 것을 들었다.

전화벨이 다시 울렸다.

"보안관에게 이미 얘기한 것 외에 더이상 할 말이 없단 말이야!"

그는 수화기를 쾅 내려놓았다.

"무슨 일이에요?"

내가 말했다.

그러자 그는 내가 지금 들려주고 있는 이야기를 나에게 했다.

나는 깨진 접시를 치운 후 밖으로 나간다. 그는 이제 신문과 맥주 캔을 팔이 닿는 곳에 둔 채로 잔디밭에 누워 있다.

"스튜어트, 드라이브나 갈래요?"

내가 말을 건다.

그는 몸을 돌려 나를 쳐다본다.

"맥주나 좀 사가지."

그는 자리에서 일어나 지나가면서 내 엉덩이를 슬쩍 만진다.

"잠시만 기다려."

우리는 읍을 지나는 동안 아무 말이 없다. 그는 맥주를 사려고 길가의 가게에 차를 세운다. 나는 문 너머에 신문들이 가득 쌓여 있는 것을 본다. 계단 맨 위에서는 무늬가 날염된 드레스를 입은 살찐 여자가 어린 소녀에게 감초 과자를 내밀고 있다. 그후 우리는 에버슨 강을 건너 피크닉 장소로 들어선다. 개울은 다리 아래를 지나 몇백 야드 떨어진 커다란 웅덩이로 흘러간다. 나는 그들이 거기 있는 것을 볼 수 있다. 나는 그들이 낚시를 하고 있는 것을 볼 수 있다.

너무나 많은 물이 집 가까이에 흐른다.

"왜 몇 마일이나 멀리 갔어야 했어요?"

"짜증나게 하지 마."

우리는 햇빛 속에서 벤치에 앉는다. 그는 맥주 캔을 딴다.

"그만 해둬, 클레어."

"사람들은 그들에게 아무 죄가 없다고 말했어요. 그들이 미쳤다고 했죠."

"누가? 무슨 얘기를 하고 있는 거야?"

"매덕스 형제요. 내가 자란 곳에서 알린 허블리라는 이름의 여자애를 죽였죠. 그들은 그녀의 목을 자른 후 사체를 클레일럼 강에 던졌어요. 내가 어렸을 때 일어난 일이에요."

"자꾸 짜증나게 하고 있군."

그가 말한다.

나는 개울을 바라본다. 나는 바로 그 개울 속에서 눈을 뜨고, 얼굴을 밑으로 한 채 바닥의 이끼를 바라보며 죽어 있다.

"당신 뭐가 문제야?"

집에 돌아오는 길에 그가 따진다.

"당신은 갈수록 날 짜증나게 만들고 있어."

내가 할 수 있는 말은 없다.

그는 가고 있는 길에 집중하려 한다. 하지만 그는 계속 백미러를 쳐다본다.

그는 알고 있다.

스튜어트는 오늘 아침 내가 자고 있다고 생각한 게 틀림없다. 하지만 나는 자명종이 울리기 훨씬 전에 깼다. 침대 위에서 나는 털이 무성한 그의 다리로부터 멀리 떨어져 누워 생각에 잠겨 있었다.

그는 딘을 학교에 보낸 다음 면도를 하고 옷을 입고 출근을 한다. 그는 방 안을 두어 번 들여다보며 헛기침을 한다. 하지만 나는 눈을 감고 있다.

부엌에서 나는 그가 남긴 메모를 본다. "사랑해" 라는 표시이다.

나는 아침 식탁에 앉아 커피를 마신 다음 메모지 위에 반지를 놓아둔다. 나는 신문을 읽으면서 그것을 테이블 위에서 이리저리 돌려본다. 그런 다음 나는 그것을 가까이 가져와 기사를 읽는다.

사체의 신원은 공식적으로 확인되었다. 하지만 몇 가지 조사가 필요했고, 그래서 그 속에 뭔가를 넣고, 베고, 무게를 달고, 측정을 하고, 다시 뭔가를 붙인 후 꿰맸다.

　나는 신문을 든 채로 오랫동안 앉아 생각한다. 그런 다음 나는 미용실에 전화를 걸어 예약을 한다.

　나는 무릎에 잡지를 올려놓은 채, 마니가 내 손톱을 다듬는 동안 드라이를 받으며 앉아 있다.

　"내일 장례식에 갈 거예요."

　나는 말한다.

　"안됐어요."

　마니가 말한다.

　"그건 살인이었어요."

　"최악이네요."

　"우린 그렇게까지 가까운 사이는 아니었지만. 어쨌든 무슨 말인지 알죠?"

　나는 말한다.

　"장례식에 어울리게 해줄게요."

　마니가 대답한다.

　그날 밤 나는 소파 위에 잠자리를 만든다. 그리고 아침에 먼저

일어난다. 나는 그가 면도를 하는 동안 커피를 올려놓고 아침 식
사를 만든다.

그는 맨어깨에 수건을 걸친 채 부엌 문간에 나타나 내 안색을
살핀다.

"커피 여기 있어요. 달걀은 금방 준비될 거예요."

나는 딘을 깨우고, 우리 셋은 식사를 한다. 스튜어트가 나를 쳐
다볼 때마다 나는 딘에게 우유나 토스트 등을 더 먹을 거냐고 묻
는다.

"오늘 전화할게."

문을 열면서 스튜어트가 말한다.

"오늘은 집에 있을 것 같지 않아요."

"좋아, 알았어."

나는 조심스럽게 옷을 입는다. 나는 모자를 쓰고 거울에 비친
내 모습을 본다. 나는 딘에게 메모를 남긴다.

애야, 엄마는 오늘 오후에 할 일이 있어. 나중에 올 거야. 아
빠나 엄마가 올 때까지 집 안이나 뒤뜰에 있도록 하려무나.

사랑해, 엄마가

나는 사랑해, 라는 단어를 보며 밑줄을 긋는다. 그런 다음 뒤뜰

(backyard)이라는 단어를 바라본다. 이게 한 단어인가 두 단어인가?

나는 차를 타고 농장이 있는 시골과 귀리와 사탕무가 심긴 들판을 가로질러, 사과 과수원과 소들이 풀을 뜯는 목초지를 지나간다. 잠시 후 모든 것이 바뀌며, 농가라기보다는 오두막에 가까운 집들이, 과수원 대신 목재 야적장이 보이기 시작한다. 그런 다음 산과 오른편 훨씬 아래쪽에 내치즈 강이 이따금 보인다.

초록색 픽업 트럭이 내 뒤를 따라온다. 이 차는 몇 마일 동안 계속 내 뒤를 따라왔다. 나는 그가 추월하기를 바라며 속도를 늦추지만 번번이 때가 좋지 않았다. 그래서 나는 속도를 높인다. 하지만 이번에도 때가 좋지 않다. 나는 손가락이 아플 정도로 운전대를 꽉 쥔다.

탁 트인 길고 곧은 길에서 그는 추월한다. 하지만 그는 잠시 내 차와 나란히 간다. 파란색 작업복 셔츠를 입고 머리를 짧게 자른 남자다. 우리는 창 너머로 서로 마주 본다. 그러자 그는 손짓을 하며 경적을 울린 다음 추월한다.

나는 속도를 늦추고 세울 곳을 찾는다. 나는 차를 세우고 시동을 끈다. 나무들 아래로 흐르는 강물 소리를 들을 수 있다. 그때 나는 그 픽업 트럭이 다시 돌아오는 소리를 듣는다.

나는 문을 잠그고 창문을 올린다.

"괜찮소?"

남자가 창문을 두드린다.

"괜찮아요?"

그는 팔을 문에 걸치고 얼굴을 창문 가까이 댄다.

나는 그를 노려본다. 다른 어떤 것도 생각할 수 없다.

"거기 괜찮아요? 그렇게 문을 잠근 채로 있을 거요?"

나는 고개를 젓는다.

"창문을 내려봐요."

그는 고개를 저으며 고속도로를 쳐다본 다음 나를 본다.

"창문을 내려봐요."

"제발 비켜요. 난 가야 해요."

"문을 열어봐요."

그는 내 말을 못 들은 척하고 말한다.

"그러고 있으면 질식할 수도 있어요."

그는 내 가슴과 다리를 바라본다. 그가 그렇게 했다고 나는 단
언할 수 있다.

"이봐요, 예쁜이."

그가 말한다.

"단지 도우려는 것뿐이오."

관은 닫혀 있고, 꽃으로 뒤덮여 있다. 내가 자리에 앉자 오르간 연주가 시작된다. 사람들이 들어와 자리를 찾는다. 나풀거리는 바지와 노란 반소매 셔츠를 입은 한 소년이 있다. 문 하나가 열리면서 가족들이 무리를 지어 들어와 커튼이 쳐진 쪽으로 간다. 사람들이 자리를 잡으면서 의자가 끌리는 소리가 난다. 곧이어 멋진 검정색 양복을 입은 금발의 잘생긴 남자가 일어서서, 기도를 드리자고 제안한다. 그는 우리를 위해, 살아 있는 사람들을 위해 기도한다. 기도를 마친 다음 그는 죽은 이의 영혼을 위해 기도한다.

다른 사람들과 함께 나는 관 앞을 지나간다. 그런 다음 현관 계단으로 가서 오후의 빛 속으로 나간다. 내 앞에서 계단을 내려가는 한 여자의 걸음이 비틀거린다. 보도에 선 그녀는 주위를 둘러본다.

"그래, 그를 붙잡았대요. 그게 위안이 될지는 모르겠지만요. 오늘 아침에 체포했어요. 오기 전에 라디오에서 소식을 들었어요. 이곳 읍에 사는 남자애래요."

그녀가 말한다.

우리는 뜨거운 보도 위로 몇 걸음 더 걸어간다. 사람들은 차의 시동을 걸고 있다. 나는 손을 뻗어 주차 미터기를 쥔다. 광택나는 후드와 광택나는 범퍼들. 머릿속이 소용돌이친다.

"그들에게도 친구들이 있겠죠, 살인자들 말예요. 그렇지 않다고 할 순 없겠죠."

나는 대답한다.

"그 여자애가 어렸을 때부터 알았어요. 그애는 우리 집에 놀러 오곤 했죠. 그러면 나는 쿠키를 구웠고, 그애는 텔레비전 앞에서 그걸 먹었어요."

여자가 말한다.

집에 돌아왔을 때, 스튜어트는 테이블에 앉아 앞에 둔 위스키를 마시고 있다. 잠시 넋이 나가면서 나는 딘에게 무슨 일이 생겼을 거라는 생각을 한다.

"애는 어디 있어요? 딘은 어디 있어요?"

"밖에 있어."

그는 술잔을 비운 후 일어선다.

"당신에게 필요한 것이 뭔지 알 것 같아."

그는 내 허리에 팔을 두르며 다른 손으로는 재킷의 단추를 푼 후 블라우스의 단추를 벗긴다.

"우선, 중요한 일부터."

그는 뭐라고 다른 말도 한다. 하지만 나는 귀를 기울일 필요가 없다. 그토록 많은 물이 흐르니 아무 소리도 들을 수 없다.

"맞아요" 하고 말하며 나는 남은 단추들을 내 손으로 푼다.

"딘이 오기 전에. 서둘러요."

우리 아버지를 죽인 세번째 이유

　나는 우리 아버지가 무엇 때문에 죽었는지 이야기하고자 한다. 그 세번째 원인은 더미였다. 더미의 죽음 때문이었다. 첫번째 것은 진주만이었다. 그리고 두번째는 위내치 근처에 있는 우리 할아버지의 농장으로 이사를 갔던 것이었다. 아버지가 죽은 곳이 그곳이다. 물론 그전에 이미 죽은 거나 다름없었을지도 모른다는 사실을 제외하고 말이지만.

　아버지는 더미가 죽은 것을 더미의 아내 탓으로 돌렸다. 그러다가 그는 또 물고기 탓으로 돌렸다. 그리고 마지막으로 그는 자기 때문이라고 했다. 더미에게 『들판과 시냇물』이라는 잡지의 뒷

면에 실린, 미국 전역으로 배송되는 살아 있는 검정 배스에 대한 광고를 보여준 것이 자신이었기 때문이다.

더미가 이상한 행동을 보이기 시작한 것은 그 물고기를 잡은 후부터였다. 물고기는 더미의 성격 자체를 바꿔놓았다. 내 아버지 말로는 그랬다.

나는 더미*의 진짜 이름을 모른다. 누군가 그의 진짜 이름을 알았는지는 모르겠지만 나는 들은 적이 없다. 당시에도 그의 이름은 더미였으며, 지금도 나는 그를 더미로 기억한다. 그는 머리가 벗어지고 주름살이 진, 키가 작은 남자였지만 팔다리의 힘은 굉장했다. 드문 일이긴 했지만 싱긋 웃을 때면 입술이 깨진 누런 이빨 위로 말려 올라갔다. 그러면 그는 교활한 인상을 풍겼다. 누군가 말을 할 때면 그의 축축한 눈은 상대의 입에 고정되어 있었고, 상대가 말을 하지 않을 때면 상대방 몸의 특별한 부위를 향해 있었다.

나는 그가 정말로 귀머거리였다고는 생각지 않는다. 최소한 그가 행세하고 다닌 것만큼 귀가 먹은 것은 아니었다. 하지만 그가 말을 할 수 없었던 것은 분명했다. 그것은 확실했다.

---

* '바보' 또는 '벙어리' 라는 뜻.

귀머거리였든 그렇지 않든, 더미는 1920년대부터 제재소에서 일해온 평범한 일꾼이었다. 캐스케이드 목재소라는 이 회사는 워싱턴 주 야키마에 있었다. 알고 지내온 몇 해 동안 그는 청소부로 일했다. 그리고 여러 해 동안 나는 그에게서 별다른 특이한 점을 발견하지 못했다. 다시 말하자면 그는 펠트 모자를 쓰고, 카키색 작업 셔츠를 입고, 벨트가 달린 내리닫이 작업복 위에 데님 재킷을 걸치는 식의 평범한 모습이었다. 하는 일 중 하나가 청소를 하고, 화장실에 물건을 비치하는 것이었기 때문에 그는 겉옷 주머니에 두루마리 화장지를 넣고 다녔다. 그는 밤에 일하는 사람들이 퇴근할 때 도시락 상자 속에 화장지를 한두 개 넣어가곤 하는 버릇을 감시하느라 바빴다.

더미는 낮에 일을 했으면서도 늘 손전등을 들고 다녔다. 또한 그는 렌치와 플라이어, 스크루드라이버, 절연용 접착 테이프 같은 기계 수리공들이 갖고 다니는 것들을 지니고 있었다. 사람들은 항상 모든 것을 지니고 다니는 것 때문에 더미를 놀렸다. 제일 심하게 놀린 것은 칼 로, 테드 슬레이드, 조니 웨이트 등이었다. 하지만 더미는 놀림을 무난하게 받아들였다. 내 생각에 그는 거기에 익숙해진 것 같았다.

우리 아버지는 결코 더미를 놀린 적이 없었다. 어쨌든, 내가 알기로는 그랬다. 아빠는 어깨가 육중한 거구로 머리를 짧게 잘랐고, 턱 한가운데가 패었으며, 배가 많이 나왔다. 더미는 항상 그 배를 쳐다보았다. 그는 아버지가 줄질을 하는 작업장에 와서 등받이 없는 의자에 앉아, 톱에 커다란 회전식 금강사 숫돌을 갖다 대고 있는 우리 아빠의 배를 바라보곤 했다.

　더미에게는 다른 사람들 못지않은 어엿한 집이 있었다.

　읍에서 오륙 마일 떨어진 강 근처의 그 집은 타르지를 발라놓았다. 그 집에서 반 마일 뒤쪽, 목초지 끝에는 주 당국에서 근처 도로를 포장하면서 파놓은 커다란 사력층 구덩이가 있었다. 꽤나 큰 구덩이 세 개가 파였는데 시간이 지나면서 거기에 물이 고였다. 웅덩이 세 개는 점차 한데 합쳐져 하나가 되었다.

　그곳은 깊었다. 물은 검어 보였다.

　더미에게는 집은 물론이고 아내도 있었다. 그녀는 더미보다 몇 살 아래였고, 멕시코인들과 어울린다는 소문이 있었다. 아버지는 그런 말을 한 건 로나 웨이트, 슬레이드같이 참견하기 좋아하는 사람들이라고 말했다.

　그녀는 반짝이는 작은 눈을 지닌 작지만 다부진 여자였다. 처음 그녀를 보았을 때 그 눈이 먼저 눈에 띄었다. 피트 젠슨과 함께 있었을 때였는데, 우리는 자전거를 타고 가다가 물을 한 잔 얻어먹으려고 더미의 집에 들렀다.

그녀가 문을 열어주자 나는 내가 델 프레이저의 아들이라고 소개했다.

"우리 아버지는……" 하고 말하다가 나는 문득 깨달았다. "아시겠지만 아주머니 남편과 일해요. 자전거를 타고 가다가 물을 한 잔 얻어먹을까 해서 왔죠."

"여기서 기다려."

그녀가 말했다.

그녀는 양손에 물이 든 작은 양철 컵을 들고 왔다. 나는 단숨에 컵을 비웠다.

하지만 그녀는 그 이상은 권하지 않았다. 그녀는 아무 말도 하지 않고 우리를 지켜보았다. 우리가 자전거에 오르려 하자 그녀는 현관 끝으로 다가왔다.

"너희들 차가 있지? 언제 나도 태워줘."

그녀는 빙긋 웃었다. 그녀의 치아는 입에 비해 너무 커 보였다.

"가자" 하고 피트가 말했고, 우리는 그곳을 떠났다.

우리 주 안에서도 특히 우리 동네에는 배스를 잡을 수 있는 곳이 많지 않았다. 잡히는 것은 주로 무지개송어였는데, 대체로 높은 산의 개울과 돌리 바든에서 잡혔고 은붕어는 블루 호수와 림록 호수에서 잡혔다. 늦가을의 깨끗한 강 몇 군데에 송어와 연어가

몰려오는 것을 제외하면 대체로 그 정도였다. 하지만 낚시꾼들은 그것만으로도 충분히 바쁘게 시간을 보낼 수 있었다. 배스를 잡는 사람은 아무도 없었다. 내가 아는 대부분의 사람들이 사진으로 말고는 배스를 실제로 본 적이 없었다. 하지만 우리 아버지는 아칸소와 조지아에서 자라면서 그것을 많이 보았고, 친구인 더미가 풀어놓을 배스를 잡게 되리라는 기대에 잔뜩 부풀어 있었다.

물고기가 도착하던 날, 나는 시내 수영장에 수영을 하러 갔었다. 그날 내가 집에 돌아왔다가 다시 나갔던 기억이 난다. 아빠가 더미를 도와주기로 했던 것인데 루이지애나의 배턴루지로부터 세 개의 물탱크 화물이 도착해 있었다.

아빠와 더미 그리고 나, 그렇게 우리 세 사람은 더미의 픽업 트럭 안으로 들어갔다.

물탱크 통은 진짜 소나무로 만든 것이었다. 통들은 열차 하역장 뒤쪽의 그늘에 있었고, 트럭에 싣는 데 아빠와 더미 두 사람의 손이 필요했다.

더미는 아주 조심스럽게 운전해서 읍을 지나갔고, 마찬가지로 조심스럽게 운전해서 집에 도착했다. 그는 곧장 뜰을 지나쳤다. 그는 연못 바로 곁까지 갔다. 주위는 이미 어둑해져 있었기 때문에 그는 자동차의 헤드라이트를 켜놓은 채 좌석 밑에서 망치와 타이어를 수리하는 데 쓰는 공구를 챙겼고, 두 사람은 통을 물 가까이 끌고 가서 첫번째 것을 열었다.

통 안은 올이 굵은 삼베로 싸여 있었는데 뚜껑에는 동전 크기의 구멍들이 있었다. 그들은 뚜껑을 뽑았고, 더미는 손전등으로 안을 비췄다.

백만 마리는 되어 보이는 새끼 배스들이 안에서 헤엄치고 있었다. 마치 열차에 실려온 작은 대양처럼, 살아 있는 새끼들이 통 안에서 바쁘게 움직이고 있는 모습은 너무도 이상했다.

더미는 통을 물 가장자리로 밀어 그것을 쏟았다. 그는 손전등으로 연못 안을 비췄다. 하지만 더이상 볼 것이 없었다. 개구리 우는 소리가 들렸지만, 어두워질 때쯤이면 어디서나 나는 소리였다.

"다른 통들은 내가 비우지."

우리 아버지는 더미의 작업복에서 망치를 집으려는 듯 손을 뻗었다. 하지만 더미는 뒤로 물러서며 고개를 저었다.

그는 두 개의 다른 통 뚜껑도 직접 열었는데 그러다가 손이 찢어졌고, 검은 핏방울이 통 위로 떨어졌다.

그날 밤 이후로 더미는 달라졌다.

더미는 이제 더이상 누구도 근처에 오지 못하게 했다. 그는 목초지 주위로 울타리를 쳤고, 연못가에는 전기가 흐르는 철사를 둘렀다. 사람들 말로는 그 울타리를 치느라 그가 모은 돈 전부가 날아갔다고 한다.

물론 그 일이 있은 후 아버지에겐 더미와 함께 할 수 있는 일이 없었다. 더미가 더이상 오지 못하도록 한 이후로는. 그리고 배스는 아직 새끼여서 낚시를 할 수도 없었다. 하지만 낚시 이전에 더미는 누가 한번 보려는 것도 허락지 않았다.

그로부터 이 년 후 어느 날 저녁, 아빠가 늦게까지 일을 해서 음식과 아이스 티 병을 가져다주러 갔던 나는 아빠가 수리공인 시드 글로버와 이야기를 나누며 서 있는 것을 보았다. 안에 들어간 나는 아빠의 이야기를 들었다.

"그가 하는 짓을 보면 그 바보가 물고기들과 결혼을 했다는 생각이 들 걸세."

"내가 들은 바로도 그래요."

시드가 말했다.

"그 집 주위의 울타리는 걷어내는 편이 나을 거예요."

그때 아버지는 나를 보았고, 나는 그가 시드 글로버에게 눈으로 신호를 보내는 것을 보았다.

하지만 한 달 후 아빠는 마침내 더미가 그렇게 하도록 만들었다. 그는 더미에게 몸이 약한 것들을 골라내야 나머지 것들이 잘 살아남을 수 있다고 얘기했다. 더미는 귀를 잡아당기면서 바닥을 바라보고 서 있었다. 아빠는 이튿날 자신이 와서 그 일을 하겠다고, 꼭 그렇게 해야만 하기 때문이라고 말했다. 더미는 사실 그러라고 한 적이 없었다. 그는 결코 그러라고 하지 않았다. 그가 한 일이라곤 귀를 좀더 잡아당긴 것뿐이었다.

그날 아빠가 집에 왔을 때, 나는 준비를 하고 기다리고 있었다. 나는 아빠의 낡은 배스 낚싯대를 꺼내 손가락으로 세 개짜리 낚싯바늘을 시험해보고 있었다.

"준비됐니?"

아빠는 차에서 내렸다.

"난 화장실에 다녀오겠다. 그걸 차 안에 신도록 해. 원하면 네가 운전을 해도 좋아."

모든 것을 뒷좌석에 신고 운전대를 잡고 있는데, 아버지가 낚시 모자를 쓴 채로 양손에 든 케이크 한 조각을 먹으며 돌아왔다.

어머니는 문간에 서서 지켜보고 있었다. 그녀는 피부가 희었는데, 금발 머리를 뒤로 묶어 모조 다이아몬드 머리핀으로 고정시켜놓고 있었다. 나는 어머니가 그 행복했던 나날들로 다시 돌아가본 적이 있는지, 그녀가 정말로 무얼 했었는지 궁금하다.

나는 핸드브레이크를 내렸다. 어머니는 내가 기어를 바꾸는 것까지 지켜보더니 여전히 웃음기 없는 얼굴로 집 안으로 들어갔다.

그날 오후에는 날씨가 좋았다. 우리는 창문을 모두 내려 바람이 안으로 들어오게 했다. 우리는 목시 다리를 건너 슬레이터 도로를 향해 서쪽으로 방향을 틀었다. 알팔파를 심은 들판이 양쪽에 펼쳐져 있었고, 조금 더 가자 옥수수밭이 나왔다.

아빠는 창 밖으로 팔을 내놓고 있었다. 그의 손이 바람결에 뒤로 밀리고 있었다. 나는 그가 초조해하고 있다는 걸 알 수 있었다.

우리는 곧 더미의 집에 도착했다. 그는 모자를 쓰며 집 밖으로 나왔다. 그의 아내는 창 밖을 내다보고 있었다.

"프라이팬 준비했지?"

아빠는 더미에게 소리쳤지만, 그는 차를 바라보며 그대로 서 있을 뿐이었다.

"이봐, 더미! 자네 낚싯대는 어디 있나, 더미?"

더미는 머리를 앞뒤로 흔들었다. 그는 한쪽 다리에서 다른 쪽 다리로 체중을 옮기며 땅을 바라보다가 우리를 쳐다보았다. 그의 혀는 아랫입술 위에 늘어져 있었고, 그는 발로 땅을 파기 시작했다.

나는 낚시 바구니를 어깨에 짊어졌다. 나는 아빠의 낚싯대를 그에게 건네주었고, 내 것을 집어들었다.

"갈 준비 된 거지? 이봐, 더미, 갈 준비가 된 거지?"

더미는 모자를 벗고 그걸 든 손목으로 머리를 문질러 닦았다.

그는 갑자기 몸을 돌렸고, 우리는 그를 따라 푹신푹신한 목초지를 가로질러 갔다. 오래된 밭고랑 가장자리의 풀밭 이십 피트쯤 너머에서 도요새들이 날아올랐다.

목초지 끝부터 땅이 완만하게 경사를 이루면서 건조하고 돌이 많은 곳으로 바뀌었는데, 쐐기풀 덤불과 참나무 관목 숲이 여기저기 흩어져 있었다. 우리는 오른쪽으로 방향을 틀어서 오래된 자동차 바퀴 자국을 따라 유액 식물이 허리까지 자란 들판을 지나갔다. 그 사이를 헤집고 지나가자 줄기 꼭대기에 있는 마른 꼬투리에서 탁탁 하는 소리가 났다. 이제 나는 더미의 어깨 너머로 햇빛에 반짝이는 수면을 볼 수 있었고, 아빠가 "오, 하나님, 저걸봐!" 하고 소리치는 것을 들었다.

하지만 더미는 걸음을 늦추며 계속 손을 들어 모자를 앞뒤로 고쳐쓰더니 갑자기 멈춰 섰다.

"그래, 자네 생각은 어때, 더미? 여기도 다른 곳만큼 좋은 곳인가? 여기에서 시작하는 건 어떻겠어?"

더미는 아랫입술을 축였다.

"왜 그래, 더미? 이건 자네 연못이잖아, 그렇지?"

아빠가 물었다.

더미는 아래를 쳐다보며 작업복에서 개미 한 마리를 떨어냈다.

"도대체 무슨 일이야?"

아빠는 한숨을 내쉬었다. 그는 자기 시계를 꺼내 보았다.

"자네가 괜찮다면 너무 어두워지기 전에 일을 시작하지."

더미는 손을 호주머니 속에 찔러 넣으며 연못으로 몸을 돌렸다. 그는 다시 걷기 시작했다. 우리는 그의 뒤를 따라갔다. 이제 우리는 연못 전체를 볼 수 있었다. 뛰어오르는 물고기들로 수면에 잔물결이 일었다. 물고기들은 수시로 뛰어올랐다가 물방울을 튀기며 떨어졌다.

"대단해."

나는 아버지가 말하는 것을 들었다.

우리는 자갈밭 같은 연못가 공터 쪽으로 갔다.

아빠는 내게 손짓을 하며 연못 위로 몸을 숙였다. 나도 몸을 숙였다. 그는 바로 앞의 물 속을 들여다보았고, 나도 그렇게 했는데, 나는 무엇 때문에 그가 그러고 있는지 볼 수 있었다.

"맹세컨대."

그가 속삭였다.

스무 마리, 혹은 서른 마리 정도 되는 배스 떼가 헤엄을 치고 있었는데 그들 중 어느 것도 무게가 이 파운드 밑으로는 보이지 않았다. 물고기들은 방향을 바꾸다가 다시 방향을 틀어서 돌아왔는데, 너무 붙어 있어 서로 부딪치기도 하는 것 같았다. 나는 그것들

이 우리 곁을 지나는 순간, 눈꺼풀이 무거운 커다란 눈이 우리를
쳐다보는 것을 볼 수 있었다. 물고기들은 헤엄을 쳐 멀어져가다
가 다시 돌아왔다.

그것들은 제풀에 계속 그러고 있었다. 우리가 쪼그리고 앉아
있든 서 있든 아무런 차이가 없었다. 물고기들은 우리에 대해서
는 신경도 쓰지 않고 있었다. 정말이지 볼 만한 광경이었다.

우리는 잠시 그곳에 앉아 순전히 자기들 일밖에는 관심이 없는
배스 떼를 지켜보았다. 그 사이 더미는 손가락을 잡아당기며, 누
군가 모습을 나타내기를 기다리기라도 하듯 주위를 둘러보고 있
었다. 연못 어디에서나 배스가 물 밖으로 대가리를 내밀거나, 뛰
어올랐다가 떨어지거나, 수면 위로 올라와 등지느러미를 내놓고
헤엄을 치고 있었다.

아빠는 신호를 보냈고, 나는 낚시를 하려고 자리에서 일어났
다. 나는 흥분으로 몸이 떨렸다. 낚싯대의 코르크 손잡이에서 바
늘을 떼기가 어려웠다. 그때 더미가 커다란 손가락으로 내 어깨
를 잡는 게 느껴졌다. 나는 그를 바라보았고, 더미는 대답 대신 턱
으로 아빠 쪽을 가리켰다. 그가 원하는 것은 분명했다. 그는 낚싯
대를 한 개 이상 사용하는 걸 바라지 않았다.

아빠는 모자를 벗었다가 다시 쓴 후 내가 서 있는 쪽으로 왔다.

"계속해, 잭. 괜찮아. 지금 던져."

나는 낚싯대를 던지기 직전에 더미를 바라보았다. 그의 얼굴이 굳어졌고, 턱에는 엷은 침 자국이 나 있었다.

"입질을 하면 세게 잡아당기도록 해. 저놈들 입은 문 손잡이만큼이나 단단하니까."

나는 고정 장치를 풀고 팔을 뒤로 젖혔다. 나는 족히 사십 피트는 되게 던졌다. 낚싯줄을 늦추기도 전에 수면 위로 소용돌이가 일었다.

"낚아!"

아빠가 소리쳤다.

"저 망할놈의 것을 낚아! 잘 낚아!"

나는 두 번에 걸쳐 낚싯대를 세게 당겼다. 물고기를 낚은 것이다. 낚싯대가 휘어졌고 앞뒤로 움직였다. 아빠는 내가 어떻게 해야 하는지 계속 소리를 질렀다.

"가게 내버려둬, 가게 내버려둬! 도망치게 내버려둬! 줄을 더 풀어 줘! 이제 감아! 감아! 아니, 도망치게 내버려둬! 와! 저걸봐!"

배스는 연못 주위로 춤추며 돌아다녔다. 물 위로 나올 때마다 물고기가 대가리를 너무 세게 흔든 나머지 낚싯대가 흔들리는 소리를 들을 수 있었다. 물고기는 그랬다가 다시 멀어졌다. 하지만 점차 힘이 빠져갔고, 나는 그것이 가까이 머무르도록 유지할 수 있었다. 크기가 엄청나게 커서 육칠 파운드는 되어 보였다. 그것은 옆으로 누워 입을 벌린 채로 아가미를 열었다 닫았다 하며 몸부림을 쳤다. 나는 무릎이 떨렸고, 서 있기도 어려웠다. 하지만 나는 줄이 팽팽해진 낚싯대를 꽉 잡았다.

아빠는 신발을 신은 채 물 속으로 들어갔다. 하지만 그가 물고기를 잡으려는 순간 더미가 뭐라고 소리를 지르고 머리를 흔들면서 팔을 휘저었다.

"대체 무슨 일이야, 더미? 쟤는 내가 본 것 중에 가장 큰 배스를 잡았어. 그리고 다시 놔주고 싶어하지 않는다구!"

더미는 계속해서 뭐라고 소리를 지르며 연못을 향해 몸짓을 했다.

"애가 잡은 물고기는 놔주지 않을 거야. 내 말 듣고 있어, 더미? 내가 그럴 거라고 생각한다면 잘못 생각한 거야."

더미는 내 낚싯줄을 잡으려 했다. 그 사이 배스는 약간 기운을 회복하고 있었다. 그것은 몸을 뒤집어 다시 헤엄치기 시작했다. 나는 소리를 지르며 정신이 나간 상태에서 릴을 고정시킨 후 줄을 감기 시작했다. 배스는 마지막으로 사납게 몸을 비틀며 도망치려 했다.

그게 다였다. 낚싯줄이 끊어져버린 것이다. 나는 하마터면 뒤로 넘어질 뻔했다.

"정신 차려, 잭."

아빠가 말했다. 나는 그가 자기 낚싯대를 잡는 것을 보았다.

"바보 같으니라고. 내가 그놈을 쓰러뜨려야 했는데."

그해 이월에 강이 범람했다.

십이월 초순에 눈이 엄청나게 많이 왔고, 크리스마스가 되기 전에 날씨는 혹독해졌다. 땅이 얼어붙었다. 눈은 그대로 쌓여 있었다. 하지만 일월 말쯤 치누크 바람*이 휘몰아쳤다. 어느 날 아침, 잠에서 깬 나는 집에 바람이 몰아치며, 지붕에서 물이 계속 흘러내리는 소리를 들었다.

닷새 동안 바람이 불었고, 사흘째 되는 날 강물의 수위가 높아지기 시작했다.

"수위가 십오 피트로 높아졌어."

어느 날 저녁 신문을 보며 아버지가 말했다.

"삼 피트만 더 높아지면 물이 범람해. 그렇게 되면 우리 더미는 사랑하는 것들을 잃게 돼."

나는 수위가 얼마나 높아졌는지 보러 목시 다리에 가보고 싶었

---

* 미국 서북부에서 겨울과 봄에 걸쳐 부는 따뜻한 남서풍.

다. 하지만 아빠는 허락하지 않았다. 그는 홍수가 볼 만한 것이 못 된다고 말했다.

이틀 후 수위는 최고조에 이르렀고, 그후부터 수위가 내려가기 시작했다.

그뒤로 일 주일이 지난 아침, 오린 마셜, 대니 오언스와 나는 자전거를 타고 더미의 집에 갔다. 우리는 자전거를 세우고 더미의 땅에 인접한 목초지를 가로질러 걸어갔다.

바람이 심하게 불어대는 습기 많은 날이었다. 어두운 구름이 흩어지면서 하늘을 빠르게 가로질러 갔다. 젖은 땅은 질퍽거렸고, 우리는 계속 걸어서 무성한 풀 사이의 웅덩이로 향했다. 대니는 욕을 퍼붓기 시작했다. 그는 신발이 빠질 때마다 하늘을 향해 욕설을 퍼부었다. 우리는 목초지 끝의 불어난 강물을 볼 수 있었다. 수위는 여전히 높았고, 물길을 벗어난 강물이 나무 밑동을 휘감으며 육지 가장자리에 넘실대고 있었다. 강 한가운데로 물살이 무겁고 빠르게 흘렀고, 이따금 잡목이나 가지를 물 밖으로 내놓은 나무가 떠내려갔다.

더미의 울타리가 있는 곳에 도착한 우리는 암소 한 마리가 철조망에 끼여 있는 것을 보았다. 물에 불어 퉁퉁해진 암소의 살갗은 회색으로 번들거렸다. 크기에 관계없이 그것은 내가 최초로 본 죽은 생물이었다. 나는 오린이 나무막대로 암소의 뜬 눈을 찔러

보았던 걸 기억한다.

우리는 울타리를 따라 강 쪽으로 갔다. 아직도 전기가 통할지도 모른다는 생각에 우리는 철조망 가까이 가는 것이 무서웠다. 하지만 울타리는 깊은 수로처럼 보이는 곳 가장자리에서 끝났다. 그곳에서 육지는 물로 바뀌었고, 울타리 대신 물이 자리하고 있었다.

우리는 그곳을 건넌 다음, 곧장 더미의 땅으로 이어진 새로운 수로를 따라 연못을 향해 똑바로 갔다. 연못을 향해 길게 이어진 수로는 연못 반대편의 배수구를 지나 굽이굽이 이어져서 마침내 그 너머의 강과 합류했다.

우리는 더미의 물고기 대부분이 물에 휩쓸려갔으리라 생각했다. 하지만 그러지 않았던 것들은 자유롭게 왔다갔다하고 있었다.

그리고 그때 나는 더미를 보았다. 그를 보자 겁이 났다. 나는 다른 아이들에게 몸짓을 했고, 우리는 모두 땅에 엎드렸다.

더미는 연못 반대쪽에, 물이 빠지고 있는 곳 근처에 서 있었다. 그는 그냥 그곳에 서 있었다. 그는 내가 본 사람 중 가장 슬픈 표정을 짓고 있었다.

"더미를 생각하면 정말 안됐어."

그로부터 몇 주 후 저녁을 먹으면서 아버지가 말했다.

"생각해보면 그 불쌍한 놈이 스스로 자초한 일이지. 그래도 생각하면 마음이 안됐어."

아빠는 이어서 조지 레이코크가, 더미의 아내가 몸집이 큰 멕시코 출신의 어떤 사내와 스포츠맨즈 클럽에 앉아 있는 것을 보았다는 얘기를 했다.

"그리고 그 절반도 ―"

어머니는 아버지를 날카롭게 쏘아본 후 나를 쳐다보았다. 하지만 나는 아무 소리도 못 들은 양 계속 음식을 먹기만 했다.

"왜 그래, 비? 얘도 충분히 나이가 들었어!"

아빠가 말했다.

더미는 많이 변해 있었다. 그는 어쩔 수 없는 때 아니면 더이상 누구와도 어울리지 않았다. 칼 로가 더미의 모자를 벗기자 더미가 두께 이 인치에 길이 사 인치짜리 볼트를 들고 그의 뒤를 쫓아다닌 후로는 누구도 그에게 농담을 건네지 않았다. 하지만 가장 좋지 않았던 건 더미가 이제 평균 일 주일에 하루나 이틀 이상 결근을 해서 곧 해고될 거라는 얘기가 나돈다는 것이었다.

"그는 깊은 수렁 속으로 빠져들고 있어. 조심하지 않으면 미쳐버릴 게 분명해."

아빠가 말했다.

그러던 중 내 생일을 앞둔 어느 일요일 오후, 아빠와 나는 차고를 청소했다. 날씨는 따스했지만 바람이 조금 불었다. 먼지가 흩날리는 것을 볼 수 있었다. 어머니가 뒷문으로 와서 말했다.

"델, 당신 전화예요. 번인 것 같아요."

나는 몸을 씻으려고 아빠를 따라 들어갔다. 얘기를 끝낸 그는 수화기를 내려놓으며 우리에게 고개를 돌렸다.

"더미 소식이야. 아내를 망치로 때려죽인 후 물에 몸을 던졌다는군. 번이 읍에서 이제 막 그 소식을 들었대."

우리가 그곳에 도착했을 때는 사방에 차들이 주차해 있었다. 목초지로 난 문은 열려 있었고, 나는 연못으로 이어진 타이어 자국을 볼 수 있었다. 차양 문은 상자로 고정되어 조금 열려 있었고, 집 안에는 헐거운 바지와 스포츠 셔츠를 입고 어깨에 권총집을 찬, 얼굴이 얽은 호리호리한 남자가 있었다. 그는 아빠와 내가 차에서 나오는 것을 지켜보고 있었다.

"나는 그의 친구였소."

아빠가 그에게 말했다. 남자는 고개를 저었다.

"당신이 누군지는 상관없소. 여기에 볼일이 없다면 딴 데로 가시오."

"그를 찾았나요?"

"끌어내고 있소."

그렇게 말하며 남자는 권총을 고쳐 맸다.

"가보는 건 괜찮죠? 그를 잘 알고 지냈거든요."

"좋을 대로 해요. 하지만 곁에 있지는 못하게 할 거요. 내가 경고하지 않았다는 말은 하지 말아요."

우리는 낚시를 하려던 날 갔던 길을 따라 목초지를 가로질러 갔다. 연못 위로 모터보트들이 떠다니고, 그 위로 지저분한 배기 가스가 피어오르고 있었다. 수위가 높아진 물이 흙을 깎아내고 나무와 돌을 휩쓸어간 곳을 볼 수 있었다. 두 대의 보트 안에는 정복을 입은 사람들이 있었는데 그들은 앞뒤로 왔다갔다하고 있었다. 한 사람은 운전대를 잡고 있었고, 다른 한 사람은 밧줄과 갈고리를 조작하고 있었다.

우리가 더미의 배스를 잡기 위해 낚싯대를 드리웠던 자갈밭에는 앰뷸런스 한 대가 기다리고 있었다. 흰 옷을 입은 두 사람이 차에 등을 기댄 채 담배를 피우고 있었다.

모터보트 한 대가 시동을 껐다. 우리 모두 고개를 들었다. 뒤쪽에 서 있던 남자가 몸을 일으킨 후 밧줄을 잡아당기기 시작했다. 잠시 후 팔 하나가 물 밖으로 나왔다. 갈고리가 더미의 옆구리에 걸린 모양이었다. 팔은 물 밑으로 떨어졌다가 다시 무슨 꾸러미 하나와 함께 밖으로 나왔다.

더미가 아냐, 하고 나는 생각했다. 오랫동안 저기 있었던 다른 어떤 것일 거야.

보트 앞쪽에 있던 사람이 뒤로 다가갔고, 두 사람은 물방울이 뚝뚝 떨어지는 무언가를 보트 옆으로 끌어올렸다.

나는 아빠를 보았다. 그의 표정은 우스꽝스러웠다.

"여자들이란."

아빠가 말했다.

"여자를 잘못 만나면 저렇게 된단다, 잭."

하지만 나는 아빠가 정말 그렇게 믿었다고는 생각지 않는다. 나는 단지 그가 누구를 탓해야 할지 또는 무슨 말을 해야 할지 몰랐을 뿐이라고 생각한다.

그후로 아버지는 하는 일마다 제대로 되지 않는 듯했다. 더미가 그러했던 것처럼 그는 더이상 자기 자신이 아니었다. 물 위로 나왔다가 다시 들어간 그 팔은 좋은 시절에 보내는 작별인사이자 나쁜 시절을 맞이하는 인사인 듯 여겨졌다. 더미가 그 어두운 물속으로 자신의 몸을 던진 이후 모든 일이 그러했다.

친구가 죽게 되면 그런 일이 일어나는 것일까? 그는 친구들에게 불운을 남기고 떠난 것일까?

하지만 내가 이야기했듯, 진주만과 할아버지의 집으로 다시 돌아간 것 또한 아버지에게는 아무런 도움이 되지 않았다.

심각한 이야기

버트는 그곳에 다른 사람의 차가 없고 베라의 차만 있었던 데 대해 감사했다. 그는 진입로로 들어선 다음, 전날 자기가 떨어뜨렸던 파이 옆에 멈춰 섰다. 뒤집힌 알루미늄 그릇과 파이의 호박속 테두리가 포장도로 위에 나동그라져 있었다. 그날은 크리스마스 다음날이었다.

그는 크리스마스 날 아내와 아이들을 보러 오곤 했다. 베라는 그 전에 그에게 경고를 했었다. 그녀는 이유를 댔다. 자기 친구와 그 남자의 아이들이 저녁을 먹으러 오기 때문에 그가 여섯시 전까지는 떠나줘야 한다는 것이었다.

그들은 거실에 앉아 버트가 가져온 선물들을 엄숙하게 열었다. 다른 선물들이 여섯시가 되기를 기다리며 화려한 포장에 싸인 채

트리 아래에 놓여 있는 동안 그들은 버트의 선물을 연 것이었다.

그는 아이들이 선물 여는 모습을 지켜보았고, 베라가 자기 선물의 리본을 벗겨내는 동안 기다렸다. 그는 그녀가 종이를 벗기고, 뚜껑을 열고, 캐시미어 스웨터를 꺼내는 것을 보았다.

"좋은데요. 고마워요, 버트."

베라가 말했다.

"어디 한번 입어봐요."

그의 딸이 말했다.

"입어봐요."

아들도 말했다.

버트는 자신을 지지해주는 아들에게 고마워하며 그를 쳐다보았다.

그녀는 옷을 입어보았다. 베라는 침실에서 옷을 입고 나왔다.

"좋은데요."

그녀가 말했다.

"잘 어울리는데."

가슴속에서 감정이 차오르는 것을 느끼며 그가 말했다.

그는 자기 선물들을 열어보았다. 베라가 준 선물에는 손드하임 남성복의 상품권이 들어 있었다. 딸이 준 선물은 빗과 솔 한 쌍이었고, 아들이 준 선물은 볼펜이었다.

베라는 소다수를 내왔고, 그들은 얘기를 조금 나눴다. 하지만 대개 그들은 나무만 쳐다보고 있었다. 그런 다음 딸이 자리에서 일어나 테이블을 차렸고, 아들은 자기 방으로 가버렸다.

하지만 버트는 자기가 지금 머물러 있는 곳이 좋았다. 그는 난로 앞과 손에 든 잔과 자신의 집과 자신의 가정이 좋았다.

그러고 나서 베라는 부엌으로 들어갔다.

이따금 딸은 테이블에 놓을 뭔가를 들고 식당으로 들어갔다. 버트는 그녀를 지켜보았다. 그는 딸이 리넨 냅킨을 접어 포도주 잔 속에 세워 넣는 것을 보았다. 그녀가 테이블 한가운데에 가느다란 화병을 놓는 것도 지켜보았다. 그녀가 꽃을 아주 조심스럽게 화병에 꽂는 것도 보았다.

벽난로에서는 작은 밀랍과 톱밥으로 만든 나무토막이 타고 있었다. 난로 위에는 통나무가 다섯 개 더 들어 있는 상자가 놓여 있었다. 그는 소파에서 일어나 그것을 전부 난로 속에 넣었다. 그리고 화염이 이는 것을 바라보았다. 그런 다음 소다수를 마신 뒤 현관 문 쪽으로 갔다. 그는 나가다가 파이들이 찬장에 줄지어 놓여 있는 것을 보았다. 그는 파이 여섯 개를 모두 양팔에 끼웠다. 그녀는 열 번 중 여섯 번꼴로 그의 기대를 저버리곤 했다.

진입로의 어둠 속에서 그는 자동차 문을 더듬어 열다가 파이 하나를 떨어뜨렸다.

　그의 열쇠가 열쇠구멍 안에서 부러져 막힌 뒤로 앞문은 계속 잠겨 있었다. 그는 뒷문으로 갔다. 현관 문에는 화환이 하나 놓여 있었다. 그는 창문을 두드렸다. 베라는 목욕 가운을 걸치고 있었다. 그녀는 그를 내다보며 얼굴을 찌푸렸다. 그녀는 문을 조금 열었다.

　"지난밤 일을 사과하고 싶어. 아이들에게도 사과하고 싶어."

　버트는 말했다.

　"아이들은 집에 없어요."

　베라가 대답했다.

　그녀는 문간에 서 있었고, 그는 현관의 필로덴드런* 곁에 서 있었다. 그는 소매의 보푸라기를 잡아당겼다.

　"더이상 참을 수 없어요. 당신은 집을 불태우려 했어요."

　"그러지 않았어."

　"그랬어요. 여기 있던 모든 사람이 목격자예요."

　"안에 들어가 그 이야기를 좀 할 수 있을까?"

　그녀는 목 아래로 옷을 여민 후 안으로 들어갔다.

　"난 한 시간 내로 어딜 가야 돼요."

---

* 열대 아메리카 원산의 토란과 관엽 식물.

그는 주위를 둘러보았다. 트리의 불이 깜박거렸다. 소파의 한쪽 끝에는 색깔 있는 티슈와 반짝이는 상자들이 놓여 있었다. 식당 테이블 한가운데에는 칠면조 고기가 접시에 담겨 있었는데 질긴 부위가 파슬리 장식 위에 끔찍한 새둥지 모양으로 남아 있었다. 벽난로 속에는 재가 원추형으로 남아 있었다. 그 안에는 빈 샤스타 콜라 캔들도 있었다. 한줄기 연기가 벽돌을 타고 벽난로 선반 위로 올라갔고, 그 위의 나무는 검게 그을어 있었다.

그는 몸을 돌려 부엌으로 들어갔다.

"당신 친구들은 어젯밤 몇 시에 갔어?"

그가 물었다.

"그런 이야기를 할 거면 지금 당장 나가요."

그녀가 대답했다.

그는 의자를 하나 끌어당겨 커다란 재떨이가 놓인 부엌 테이블 앞에 앉았다. 그는 눈을 감았다가 떴다. 커튼을 옆으로 밀친 후 그는 뒤뜰을 내다보았다. 앞바퀴가 없는 자전거 한 대가 거꾸로 서 있는 것이 보였다. 미국삼나무 울타리를 따라 잡초가 자란 것도 보였다.

그녀는 스튜 냄비에 물을 부었다.

"추수감사절 날 기억나요? 그날이 당신이 우리를 괴롭히는 마지막 휴일이 될 거라고 내가 그때 그랬죠. 밤 열시에 칠면조 대신

베이컨과 달걀을 먹었잖아요."

"알아. 미안하다고 했잖아."

"미안하다는 걸로는 충분치 않아요."

가스 스토브의 점화용 불꽃이 다시 꺼졌다. 물이 든 팬을 스토브 위에 올려놓은 채로 그녀는 불을 켜려 하고 있었다.

"불에 안 타게 해. 불이 옮겨 붙지 않도록 해."

그는 베라의 옷에 불이 붙자 자신이 테이블에서 벌떡 일어나 그녀를 바닥에 넘어뜨리고 거실까지 그녀의 몸을 굴려버린 후, 자기 몸으로 덮어버리는 모습을 상상했다. 아니면 담요를 가지러 침실로 달려가야 하는 걸까?

"베라?"

그녀는 그를 쳐다보았다.

"마실 것 좀 있어? 오늘 아침엔 술을 좀 마시고 싶어."

"냉장고 안에 보드카가 조금 있어요."

"언제부터 냉장고 안에 보드카를 두기 시작했지?"

"묻지 말아요."

"그래. 묻지 않을게."

그는 보드카를 꺼내 카운터에서 찾아낸 잔에 조금 부었다.

"그렇게 컵으로 그걸 마시고 앉아만 있을 건가요? 맙소사, 버트. 도대체 무슨 얘기를 하고 싶은 거예요? 가야 할 데가 있다고

166

했죠? 한시에 플루트 레슨이 있단 말예요."

베라가 말했다.

"아직도 플루트 레슨을 받고 있는 거야?"

"방금 그렇게 말했잖아요. 무슨 일이에요? 무슨 얘길 하고 싶은 건지 말해봐요. 난 나갈 준비를 해야 돼요."

"미안하다는 얘기를 하고 싶었어."

"그 말은 했잖아요."

"주스가 있으면, 이 보드카에 섞었으면 좋겠는데."

그녀는 냉장고를 열고 안을 뒤적였다.

"크랜베리와 사과를 섞은 주스가 있어요."

"좋아."

"나 욕실에 가요."

그녀가 말했다.

그는 크랜베리와 사과를 섞은 주스를 탄 보드카를 들이켰다. 담배를 한 대 붙인 후 그는 항상 부엌 테이블 위에 놓여 있는 커다란 재떨이에 성냥을 던졌다. 그는 재떨이 안에 든 담배꽁초들을 살펴보았다. 어떤 것들은 베라가 피우는 상표였고, 어떤 것들은 아니었다. 라벤더 색인 것도 있었다. 그는 자리에서 일어나 그걸 전부 싱크대에 비웠다.

그것은 사실 재떨이가 아니었다. 그것은 그들이 산타클라라의 쇼핑몰에서 수염을 기른 도공에게서 샀던 커다란 돌접시였다. 그는 그것을 씻은 후 말렸다. 그는 그것을 다시 테이블 위에 올려놓았다. 그런 다음 그는 그 안에 담배를 비벼 껐다.

스토브 위에 올려놓은 물이 끓기 시작하는 순간 전화벨이 울렸다.

그는 그녀가 욕실 문을 열고 거실 너머로 그에게 소리치는 것을 들었다.

"전화 좀 받아봐요! 난 샤워를 하려는 참이니까."

부엌의 전화기는 구석 카운터 위, 튀김용 팬 뒤에 있었다. 그는 팬을 치우고 전화기를 들었다.

"거기 찰리 있어요?"

목소리가 말했다.

"아뇨."

버트가 대답했다.

"알았습니다."

목소리가 말했다.

그가 커피 물이 어떻게 되었는지 보고 있는데, 다시 전화벨이 울렸다.

"찰리 있어요?"

"그런 사람 여기 없어요."

그는 이번에는 전화기를 아예 내려놓았다.

베라가 청바지와 스웨터를 입은 채 머리를 빗으며 다시 부엌으로 들어왔다.

그는 숟가락으로 인스턴트 커피를 퍼서 뜨거운 물이 담긴 잔에 넣은 다음 보드카를 조금 쏟아부었다. 그는 컵을 들고 테이블로 갔다.

그녀는 수화기를 들고 귀를 기울였다.

"어떻게 된 거예요? 누구였어요?"

"아무도 아냐. 색깔 있는 담배는 누가 피워?"

"내가 피워요."

"그런 줄 몰랐는데."

"그런다니까요."

그녀는 맞은편에 앉아 자기 커피를 마셨다. 그들은 담배를 피웠고 아까의 재떨이를 사용했다.

그에겐 하고 싶은 말들, 가슴 아픈 이야기와 위로가 되는 이야기가 있었다.

"나는 하루에 세 갑씩 피우고 있어요. 내 말은, 당신이 정말로 이곳에서 무슨 일이 일어나는지 알고 싶다면 말이지만."

"맙소사."

버트가 말했다.

베라는 고개를 끄덕였다.

"그 말을 들으려고 여길 온 건 아냐."

"그렇다면 무슨 말을 들으려 온 거예요? 집이 불타버렸다는 얘기를 들으려 온 거예요?"

"베라, 크리스마스야. 그래서 온 거야."

"크리스마스 이튿날이죠. 크리스마스는 왔다갔어요. 난 크리스마스를 또 맞이하고 싶지는 않아요."

"나는 어떤 것 같아?"

그가 대꾸했다.

"나라고 공휴일을 기대하며 사는 것 같아?"

전화벨이 다시 울렸다. 버트는 수화기를 들었다.

"누가 찰리를 찾고 있어."

그가 말했다.

"뭐라고요?"

"찰리."

베라는 수화기를 받았다. 그녀는 그를 등진 채 이야기했다. 그런 다음 그녀는 그에게 몸을 돌려 말했다.

"침실에서 이 전화를 받겠어요. 내가 거기서 전화를 받으면 수화기를 내려놔줄래요? 내가 얘기를 시작하면 수화기를 내려놓도록 해요."

그는 수화기를 받아들었다. 그녀는 부엌을 나갔다. 그는 수화기를 든 채 귀를 기울였다. 그는 아무 소리도 들을 수 없었다. 조금 후 그는 어떤 남자가 헛기침을 하는 것을 들었다. 그런 다음 그는 베라가 다른 전화기를 드는 소리를 들었다.

"됐어요, 버트! 지금 수화기를 들었어요, 버트!"

그는 수화기를 내려놓은 다음 그대로 서서 그걸 바라보았다. 그는 은식기를 넣어둔 서랍을 열고 그 안에 든 것들을 뒤적였다. 그는 다른 서랍을 열었다. 그는 싱크대 속을 바라보았다. 그는 식당으로 가서 고기칼을 집어들었다. 뜨거운 물을 틀어 칼에 묻은 기름기를 헹궜다. 그는 칼날을 소매로 닦았다. 그는 전화기 쪽으로 가서 코드를 반으로 접은 다음 칼로 아주 쉽게 잘라버렸다. 그는 코드 끝을 살펴보았다. 그런 다음 그는 전화기를 구석의 팬 뒤에 되돌려놓았다.

그녀가 들어왔다.

"전화가 끊겼어요. 전화기를 어떻게 한 거예요?"

그녀는 전화기를 보더니 카운터 너머에서 그것을 집어들었다.

"개새끼!"

그녀가 소리를 질렀다.

"나가, 나가, 당신 있을 곳으로 가란 말야!"

그녀는 그를 향해 전화기를 흔들었다.

"이걸로 충분해! 접근 금지 신청을 할 거야, 그럴 거야!"

그녀가 전화기를 카운터에 거칠게 내려놓는 순간 딩 하는 소리가 났다.

"지금 여기서 나가지 않으면 이웃집에 가서 경찰에 전화를 할 거야!"

그는 재떨이를 집었다. 그는 그것을 모서리로 집어들었다. 그는 그것을 든 채 원반 던지는 자세를 취했다.

"제발. 그건 우리 재떨이야."

그녀가 말했다.

그는 현관 문을 통해서 밖으로 나갔다. 확신이 서지 않았지만 뭔가 증명한 것 같았다. 그는 자신이 뭔가 분명히 했기를 바랐다. 문제는 그들이 곧 심각한 이야기를 해야 한다는 것이었다. 서로 얘기를 나눌 필요가 있는, 서로 의논을 해야 하는 중요한 문제들이 있다. 그들은 다시 얘기를 할 것이다. 어쩌면 공휴일이 지나 모든 것이 정상으로 돌아가게 되면. 그는 그녀에게 예를 들자면, 그 망할놈의 재떨이, 망할놈의 접시, 하는 식으로 이야기할 것이다.

172

그는 진입로에서 파이를 피해 차에 탔다. 그는 시동을 건 다음 후진기어를 넣었다. 재떨이를 내려놓지 않고는 조작하기가 쉽지 않았다.

고요

　나는 이발을 하고 있었다. 나는 의자에 앉아 있었고, 내 맞은편 벽에는 세 사람이 앉아 있었다. 차례를 기다리고 있는 두 사람은 전에 본 적이 없었다. 하지만 한 명은 비록 정확히 떠올릴 수는 없어도 대강 알아볼 수는 있었다. 이발사가 내 머리를 손질하는 동안 나는 계속 그를 바라보았다. 체격이 크고, 곱슬머리를 짧게 깎은 남자는 이쑤시개를 입 안에서 돌리고 있었다. 그리고 그 순간 나는 은행 로비에서 모자를 쓰고 정복을 입은 채로 작은 눈을 감시를 하듯 뜨고 있었던 그의 모습을 알아보았다.

　다른 두 명 중 한 명은 다른 한 명보다 훨씬 더 나이가 들어 보였는데 회색으로 센 머리카락이 곱슬머리를 뒤덮고 있었다. 그는 담배를 피우고 있었다. 그다지 나이가 들지 않은 세번째 남자는 머리 위쪽은 거의 대머리였지만 양 옆머리로 귀를 덮고 있었다. 그는 벌목용 신발을 신었고, 기계 기름으로 번들거리는 바지를 입고 있었다.

이발사는 내 머리 꼭대기에 손을 얹은 채 좀더 잘 보려는 듯 내 머리를 돌렸다. 그런 다음 그는 수위에게 물었다.

"사슴은 잡았소, 찰스?"

나는 이 이발사를 좋아했다. 우리는 서로 이름을 부를 만큼 친하지는 않았다. 하지만 그는 내가 머리를 깎으러 올 때면 나를 알아보았다. 그는 내가 낚시를 가곤 한다는 것을 알고 있었다. 그래서 우리는 낚시에 대해 얘기하곤 했다. 나는 그가 사냥을 한다고는 생각지 않는다. 하지만 그는 어떤 주제에 대해서도 이야기할 줄 알았다. 그런 점에서 그는 훌륭한 이발사였다.

"빌, 그건 웃기는 얘기요. 그 망할놈의 것 말이요."

수위가 말했다. 그는 이쑤시개를 빼서 재떨이에 놓았다. 그는 고개를 저었다.

"잡았다고도 할 수 있고 못 잡았다고도 할 수 있지. 그래서 당신 질문에는 동시에 예스와 노라고 말할 수밖에 없지."

나는 남자의 목소리가 마음에 들지 않았다. 목소리는 그에게 어울리지 않았다. 그것은 사람들이 수위에게 기대하게 되는 그런 목소리가 아니었다.

176

다른 두 사람이 고개를 들었다. 나이 든 남자는 잡지의 페이지를 넘기며 담배를 피우고 있었고, 다른 사내는 신문을 들고 있었다. 그들은 보고 있던 것을 내려놓고 수위에게 고개를 돌렸다.

"계속 얘기해봐요, 찰스. 어디 한번 들어봅시다."

이발사는 그렇게 말하며 다시 내 머리를 돌려서 깎기 시작했다.

"우리는 피클 리지에 올라갔었어요. 우리 노친네와 나 그리고 아들녀석, 그렇게 셋이서 말이오. 우리는 그 건조한 골짜기에서 사냥을 하고 있었어요. 한 봉우리에는 우리 노친네가, 다른 봉우리에는 나와 아들녀석이 진을 치고 있었지요. 녀석은 술이 덜 깬 상태였고, 그래서 잠복을 제대로 하지 못했어요. 녀석은 안색이 좋지 않았고, 하루 종일 자기 물과 내 물을 마셔댔지요. 오후였고, 우리는 동틀 무렵부터 나와 있었어요. 하지만 우리는 희망을 갖고 있었지요. 아래쪽에 있는 사냥꾼들이 사슴을 우리 쪽으로 오게 만들 거라고 생각했어요. 그래서 우리는 통나무 뒤에 앉아 골짜기를 바라보고 있었지요. 그리고 그때 골짜기 아래에서 나는 총소리를 들었어요."

"그 밑에는 과수원이 있죠."

신문을 든 사내가 말했다. 그는 안절부절못하며 계속 다리를 꼬았다가, 한동안 신발을 흔들어대더니 반대쪽으로 다리를 꼬았다.

"사슴들은 그 과수원 주변을 돌아다니죠."

"맞아요."

수위가 말했다.

"그 망할놈들은 밤에 그 안으로 들어가서 조그마한 초록색 사과들을 먹어치우죠. 어쨌든 우리는 총소리를 들었고, 두 손으로 몸을 지탱한 채 그곳에 그냥 앉아 있었어요. 그런데 그때 백 피트 거리도 되지 않는 덤불 숲에서 커다란 늙은 수사슴 한 마리가 나오는 거였소. 물론 나와 아들놈은 동시에 그것을 보았어요. 아들놈은 몸을 엎드리더니 총을 쏘기 시작했지요. 머저리 같은 놈. 늙은 수사슴은 전혀 위험에 처하지 않았어요. 나중에 밝혀진 일이지만 내 아들놈 때문에 위험하지는 않았던 거요. 하지만 사슴은 총알이 어디서 날아오는지 몰랐소. 어디로 달아나야 할지 몰랐지요. 그래서 내가 총을 한 방 쏘았소. 어쨌든 그 모든 혼란 덕에 나는 사슴의 혼쭐을 빼놓았지요."

"혼쭐을 빼놓았다고요?"

이발사가 말했다.

"그렇소, 넋을 놓게 만들었소. 내장을 맞힌 거였죠. 그 때문에 그놈은 어리벙벙해졌소. 그리고 머리를 떨구며 떨기 시작했소. 온몸을 떨었지요. 아들놈은 아직도 총을 쏘고 있었소. 마치 한국전에 다시 참전한 것 같았지요. 그래서 나는 다시 한 방 쏘았지

178

만 빗나갔어요. 그때 그 늙은 수사슴 양반이 뒤로 물러나 덤불 숲으로 들어갔지요. 하지만 사슴은 이제 더이상 힘이 남아 있지 않았어요. 아들놈은 총알을 다 썼지만 헛수고였어요. 하지만 나는 제대로 맞혔지요. 그 수사슴의 내장에 총알을 한 방 박은 거요. 혼쭐을 빼놓았다는 건 그런 뜻이오."

"그런 다음 어떻게 됐죠?"

신문을 말아 자신의 무릎을 탁탁 두드리던 사내가 말했다.

"그런 다음 어떻게 됐느냐고요. 당신이라면 그걸 뒤쫓아갔겠죠? 사슴들은 죽을 때면 땅이 단단한 곳을 찾는데."

"그걸 뒤쫓아갔겠죠?"

좀더 나이 든 남자가 물었는데, 사실 그것은 질문은 아니었다.

"그랬죠. 나와 내 아들놈은 그 뒤를 쫓아갔죠. 하지만 아들놈은 별로 도움이 되지 않았어요. 그 녀석은 그새 탈이 났고, 그 때문에 걸음이 느려졌죠. 얼간이 같은 놈."

수위는 그 상황을 떠올리며 이제는 웃음을 터뜨렸다.

"자기는 밤새 맥주를 마시고 사슴을 추적한 다음 사냥을 할 수 있다고 했소. 이제는 뭔가 깨달았을 거요. 하지만 그래도 우리는 그것을 뒤쫓았어요. 흔적이 확실히 남아 있었으니까. 땅과 나뭇잎에 핏자국이 있었어요. 사방에 있었지요. 수사슴이 그렇게 피를 많이 흘리는 건 본 적이 없어요. 어떻게 계속 갈 수 있었는지 모르겠어요."

"때로는 영원히 사라져버리기도 하죠. 사슴들은 죽을 때 단단한 땅을 찾아요."

신문을 든 사내가 말했다.

"나는 한 방도 맞히지 못한 아들놈에게 호통을 쳤어요. 그리고 아들놈이 말대꾸를 했을 때는 보기 좋게 따귀를 한 대 때렸지요. 바로 여기를."

수위는 자신의 머리 옆쪽을 가리키며 싱긋 웃었다.

"나는 그 망할놈의 귀싸대기를 한 대 올려붙였소. 걔는 아직 어리죠. 그놈한텐 그게 필요했어요. 요점은 이제 수사슴의 뒤를 쫓기에는 너무 어두웠고, 아들놈이 드러누워 토하느라 어쩔 도리가 없었다는 거요."

"그렇다면 이미 코요테들이 그 사슴을 차지했겠군요. 코요테와 까마귀와 말똥구리들이."

신문을 든 남자가 말했다.

그는 신문을 풀어 완전히 편 다음 한쪽으로 밀쳤다. 그는 다시 다리를 꼬았다. 그는 나머지 우리를 둘러보며 고개를 저었다.

나이 든 남자는 의자에 앉은 채로 몸을 돌려 창 밖을 내다보았다. 그는 담뱃불을 붙였다.

"그랬을 거요. 안된 일이기도 했죠. 그놈은 아주 컸어요. 그러니 당신 질문에 답하자면, 빌, 나는 사슴을 잡은 동시에 놓친 거죠. 하지만 어쨌든 우리는 사슴 고기를 먹긴 먹었어요. 우리 노친네가 그새 작은 새끼 사슴 한 마리를 잡았던 거요. 이미 사슴을 우리가 텐트를 친 곳으로 끌고 와서는 매달아가지고 간과 심장과 콩팥을 아주 깨끗이 도려내어 파라핀 종이에 싸서 냉장고 속에 넣어둔 상태였죠. 어린 사슴이었지요. 그냥 어린놈이었어요. 하지만 노친네는 좋아서 어쩔 줄 몰라하더군요."

수위는 어떤 기억을 떠올리는 듯 이발소 안을 둘러보았다. 그런 다음 이쑤시개를 집어들어 다시 입 속에 넣었다.

나이 든 남자는 담뱃불을 끈 다음 수위 쪽으로 고개를 돌렸다. 그는 숨을 들이쉬며 말했다.

"자네는 여기서 이발을 하고 앉아 있는 대신 지금 당장 그 사슴을 찾으러 그곳으로 가야 해."

"그런 식으로 말하지 마, 이 영감탱이야. 난 당신을 어디선가 본 적이 있어."

"나도 네놈을 본 적이 있어."

늙은 사내가 말했다.

"이봐요, 그만 해요. 여긴 내 이발소요."

이발사가 말했다.

"네놈 귀싸대기를 한 대 갈겨야겠군."

늙은이가 말했다.

"어디 한번 해보시지."

수위가 말했다.

"찰스."

이발사가 말했다.

그는 빗과 가위를 카운터에 내려놓은 다음, 마치 내가 의자에서 벌떡 일어나 그들 사이에 끼어들 거라고 생각한 듯 두 손을 내 어깨에 올렸다.

"앨버트, 나는 오랫동안 찰스와 그 아들의 머리를 잘라왔어요. 더 이상은 왈가왈부하지 않기를 바라요."

이발사는 내 어깨에 손을 올려놓은 채 두 사람을 번갈아가며 쳐다보았다.

"나가서 한 판 하지 그래요."

신문을 들고 있던 사내가 뭔가 기대하는 듯 얼굴을 붉히며 말했다.

"그만 하면 됐소. 찰스, 이 문제에 대해서는 더이상 듣고 싶지 않소. 앨버트, 다음은 당신 차례요. 자."

이발사는 이렇게 말하며 신문을 들고 있던 사내에게 고개를 돌렸다.

"이봐요, 처음 보는 얼굴인데 쓸데없는 참견을 하지 않았으면

고맙겠소."

수위가 일어났다.

"나중에 다시 와야겠소. 이 사람들과 더 있다가는 문제가 생기겠어."

수위는 문을 세게 닫으며 나갔다.

늙은 사내는 자리에 앉은 채 담배를 피웠다. 그는 창 밖을 내다보았다. 그는 자기 손등의 뭔가를 살폈다. 그는 자리에서 일어나 모자를 썼다.

"미안하오, 빌. 머리는 며칠 더 놔둬도 될 것 같소."

늙은 남자가 말했다.

"괜찮아요, 앨버트."

이발사가 말했다.

늙은 사내가 밖으로 나가자, 이발사는 창가로 다가가서 그가 가는 모습을 지켜보며 이렇게 말했다.

"앨버트는 폐기종으로 곧 죽게 될 거예요. 우리는 함께 낚시를 가곤 했지. 그는 내게 연어를 잡는 법을 속속들이 가르쳐주었어요. 여자들을 낚는 법도. 여자들이 저 늙은 친구 위로 기어다니곤 했지. 그는 성미가 불같았소. 하지만 솔직히 말해 먼저 자극한 쪽은 여자들이었지."

신문을 들고 있던 사내는 가만히 앉아 있질 못했다. 그는 벌떡 일어나 주위를 돌아다니다가 걸음을 멈추고는 모자걸이와 빌과 그 친구들의 사진과, 일 년 열두 달의 풍경이 있는 철물점 달력 등 모든 것을 살펴보았다. 그는 달력을 한 장 한 장 넘겼다. 그는 빌의 이발사 면허증이 걸린 곳에 서서 그것을 살펴보기까지 했는데, 그것은 벽에 걸린 액자에 끼워져 있었다. 그런 다음 그는 몸을 돌려 "나도 가겠어요" 하고 말한 다음, 말한 대로 그렇게 가버렸다.

"그래, 이 머리를 마저 깎을까요, 말까요?"

이발사는 마치 내가 모든 일의 원인이라도 되는 양 물었다.

이발사는 의자에 앉은 내 몸을 돌려 거울을 마주 보게 했다. 그는 한 손을 내 머리 양쪽에 갖다댔다. 그는 마지막으로 내 자세를 잡은 후 자기 머리를 내 머리 쪽으로 기울였다.

우리는 함께 거울을 들여다보았는데, 그는 여전히 내 머리를 잡고 있었다.

나는 나 자신을 보았고, 그도 나를 바라보았다. 이발사가 무엇을 보았는지는 모르겠지만, 그는 아무런 언급도 하지 않았다.

그는 손가락으로 내 머리칼을 쓰다듬었다. 마치 다른 뭔가를 생각하고 있는 듯 느린 동작이었다. 그는 손가락으로 내 머리칼을 쓰다듬었다. 마치 연인이 그러듯 부드러운 동작이었다.

오리건 주 경계에 아주 가까운 캘리포니아의 크레센트 시에서 있었던 일이다. 얼마 후 나는 그곳을 떠났다. 하지만 오늘 나는 크레센트 시의 그곳과, 내가 아내와 함께 거기서 어떻게 새로운 인생을 시작하려고 했는지와, 그날 아침 그 이발소 의자에 앉아 떠나야겠다는 결심을 했던 것을 생각하고 있었다. 오늘 나는 눈을 감은 채 이발사의 손가락이 내 머리를 쓰다듬게 내버려두었을 때 느낀 고요와, 그 손가락의 감미로움과, 이미 자라기 시작한 머리칼을 생각하고 있었다.

대중 역학

그날은 이른 시간부터 날씨가 바뀌면서 눈이 녹아 더러운 물이 되었다. 뒤뜰에 면한 어깨 높이의 작은 창문에서 물줄기가 떨어져내렸다. 어두워지기 시작한 바깥 거리에서는 자동차들이 물을 튀기며 지나갔다. 집 안 역시 어두워지고 있었다.

그녀가 문가로 갔을 때 그는 침실에서 옷들을 여행가방 속에 밀어넣고 있었다.

당신이 떠나게 돼서 기뻐! 당신이 떠나서 기뻐!

그녀가 말했다.

내 말 듣고 있어?

그는 계속 자기 물건들을 여행가방 속에 넣었다.

개새끼! 네가 떠나서 기뻐!

그녀는 울기 시작했다.

너는 내 얼굴을 똑바로 쳐다보지도 못하지, 그렇지?

그때 그녀는 침대 위의 아기 사진을 보았고 그것을 집어들었다.

그는 그녀를 쳐다보았고, 그녀는 눈가를 훔치며 그를 노려보다가 몸을 돌려 다시 거실로 돌아갔다.

그거 가져와.

그가 말했다.

그냥 당신 물건들만 챙겨 가지고 나가.

그녀가 말했다.

그는 대답하지 않았다. 그는 여행가방의 끈을 묶고, 외투를 입은 다음 침실을 둘러본 후 불을 껐다. 그런 다음 그는 거실로 나갔다.

그녀는 아기를 안은 채 조그마한 부엌의 문간에 서 있었다.

난 아기를 데려갈 거야.

그가 말했다.

미쳤어?

아니, 하지만 난 아기를 원해. 아기 물건들을 가지러 나중에 누굴 보내겠어.

아기한테 손도 대지 마.

그녀가 말했다.

아기는 울기 시작했고, 그녀는 아기 머리에서 담요를 벗겼다.

오, 오.

아기를 바라보며 그녀가 말했다.

그는 그녀에게 다가갔다.

맙소사!

그녀가 말했다. 그녀는 한 걸음 물러서며 부엌으로 들어갔다.

나는 아기를 원해.

꺼져!

그녀는 몸을 돌려 스토브 뒤쪽의 구석에서 아기를 끌어안으려 했다.

하지만 그가 다가왔다. 그는 스토브 쪽으로 다가와서 아기를 손으로 꽉 잡았다.

애를 놔.

그가 말했다.

꺼져, 꺼져!

그녀가 소리쳤다.

아기는 얼굴이 붉어지며 비명을 질렀다. 서로 드잡이를 하던 중 그들은 스토브 뒤에 걸려 있던 화병을 떨어뜨렸다.

그는 그녀를 벽 쪽으로 몰아세운 다음 그녀의 손을 풀려고 애썼다. 아기를 붙든 채 있는 힘을 다해 그녀를 밀었다.

아기를 놔줘.

그가 말했다.

이러지 마, 애를 아프게 하고 있어.

그녀가 말했다.

애를 아프게 하고 있는 건 내가 아냐.

그가 말했다.

부엌 창문에는 아무 빛도 들어오지 않았다. 이제 거의 어두워
졌다. 그는 한 손으로는 주먹을 쥔 그녀의 손가락을 풀려 했고, 다
른 한 손으로는 비명을 지르고 있는 아기의 팔 밑, 어깨 근처를 잡
았다.

그녀는 자신의 손가락이 강제로 풀리는 것을 느꼈다. 그녀는
아기가 자신에게서 벗어나려는 것을 느꼈다.

안 돼!

손이 풀리는 순간 그녀는 비명을 질렀다.

아기는 그녀가 갖게 될 것이다. 그녀는 아기의 다른 팔을 쥐려
했다. 그녀는 아기의 손목을 잡고 몸을 뒤로 기울였다.

하지만 그는 놓지 않으려 했다. 그는 아기가 자기 손에서 빠져
나가는 것을 느꼈고, 다시 아주 세게 잡아당겼다.

그런 식으로, 문제는 결정되었다.

그에게 달라붙어 있는 모든 것

그녀는 크리스마스를 보내려 밀라노에 와 있다. 그녀는 자신이 어렸을 때 어땠는지 알고 싶어한다.

말해봐, 내가 아이였을 때 어땠는지.

그녀가 말한다. 그녀는 스트레가*를 홀짝이면서 가까이에서 그를 기다리며 바라본다.

그녀는 멋지고, 날씬하며, 매력적인 여자로 어느 면으로 보나 생존자라고 할 수 있다.

오래 전 일이다.

이십 년 전이야.

---

* 식후에 마시는 이탈리아 술.

그가 말한다.

당신은 기억할 거야, 계속해봐.

그녀가 말한다.

무슨 말을 듣고 싶어? 다른 무슨 이야기를 할 수 있을까? 당신이 어렸을 때 일어난 일들에 대해서는 이야기해줄 수 있어. 당신과 상관 있는 일이야, 하지만 그 방식은 사소하지.

그가 말한다.

얘기해봐, 하지만 중간에 중단하지 않게 먼저 한 잔씩 더 채워.

그녀가 말한다.

그는 부엌에서 술을 가져온 다음 의자에 앉아 이야기를 시작한다.

그들은 아이들이었지만 서로 열렬히 사랑했지. 그들이 결혼했을 때 그는 열여덟 살 소년이었고 그녀는 열일곱 살 소녀였어. 그들이 딸을 갖게 된 것은 그로부터 오래지 않아서였지.

아기는 십일월 말의, 날씨가 추워질 무렵 태어났는데 마침 그때는 물새 사냥철이 절정에 이르고 있었어. 소년은 사냥을 좋아했지. 그 사실도 이 이야기의 일부야.

소년과 소녀, 남편과 아내, 아버지이자 어머니인 그들은 치과 의사 사무실 아래 있는 작은 아파트에 살았어. 매일 밤 그들은 집세와 각종 공과금을 내지 않는 대신 치과 사무실을 청소했지. 여름이면 그들은 잔디밭과 꽃을 가꾸기로 되어 있었어. 겨울이면 소년은 눈을 치우고 보도 위에 굵은 소금을 뿌렸어. 내 말 듣고 있어? 그림이 그려져?

그래.

그녀가 말한다.

좋아.

그러던 어느 날 치과의사는 그들이 자기의 병원 문구가 적힌 편지지를 사적인 용도로 사용하고 있는 것을 알아냈지. 하여튼 그건 또다른 이야기야.

그는 의자에서 일어나 창 밖을 내다본다. 타일이 깔린 지붕과 그 위로 꾸준히 내리는 눈을 본다.

그 이야기를 해봐.

그녀가 말한다.

두 아이는 서로 아주 많이 사랑했어. 뿐만 아니라 그들에게는 커다란 야망이 있었지. 그들은 항상 자신들이 하게 될 일과 가게 될 곳에 대해 이야기했어.

이제 소년과 소녀는 침실에서, 아기는 거실에서 잤어. 아기의 나이가 석 달 정도 되었고, 이제 한밤중에 깨는 일 없이 자기 시작했다고 하자.

어느 토요일 밤 위층에서 일을 끝낸 소년은 치과 사무실에서 자기 아버지의 오랜 사냥 친구에게 전화를 했어.

상대편이 수화기를 집어들자 그가 말했지.

칼, 믿을지 안 믿을지 모르겠지만, 내가 아버지가 됐어요.

칼이 말했어. 축하하네, 아내는 어떤가?

잘 지내요, 칼. 모두 잘 지내고 있어요.

잘됐군, 그 말을 들으니 기쁘네. 한데 사냥을 가는 일로 전화를 한 거면 내 다른 얘기를 해주지. 거위들이 엄청난 떼를 지어 날아다니고 있네. 그렇게 많은 수는 본 적이 없는 것 같아. 오늘 다섯 마리를 잡았네. 아침에 다시 갈 생각이야. 원한다면 같이 가자고.

그러고 싶어요, 소년이 말했어.

소년은 수화기를 내려놓은 다음 아래층에 내려가 소녀에게 그것을 이야기했어. 그녀는 그가 물건들을 펼쳐놓는 모습을 지켜보았어. 사냥 외투, 탄환이 든 가방, 부츠, 양말, 사냥 모자, 긴 속옷, 펌프건*.

몇 시에 돌아올 거야? 소녀가 말했어.

정오쯤. 하지만 여섯시 정도가 될 수도 있어. 너무 늦은가?

---

* 총신이 1미터가량 되는, 탄창이 달린 총. 펌프 식으로 총알을 장전하게 되어 있어 펌프건이라 불린다.

괜찮아, 아기와 나는 잘 있을 거야. 가서 좀 즐기다 와. 돌아오면 아기 옷을 입혀 샐리네 집으로 가.

좋은 생각이야, 소년이 말했지.

샐리는 소녀의 자매였어. 그녀는 멋졌지. 그녀의 사진을 본 적이 있는지 모르겠어. 소년은 소녀의 또다른 자매인 베시를 좋아했던 것처럼 샐리도 약간 좋아했었지. 소년은 소녀에게 만약 자기들이 결혼을 하지 않았다면 샐리를 좋아했을 수도 있을 거라고 말하곤 했어.

베시는 어때? 하고 소녀는 말하곤 했지. 인정하긴 싫지만 정말이지 베시는 샐리나 나보다 더 예쁜 것 같아. 베시는 어때?

베시도 마찬가지야, 하고 소년은 말하곤 했어.

저녁 식사 후 그는 난로를 지폈고 아기의 목욕을 도왔어. 반은 자신의 모습을, 반은 엄마의 모습을 한 아기를 보며 그는 다시 경이로움을 느꼈지. 그는 그 작은 몸에 분을 발라주었어. 손가락과 발가락 사이에도 발랐지.

그는 목욕물을 싱크대에 버린 후 위층으로 올라가 온도를 점검했어. 흐리고 추웠지. 가로등 아래에서 뻣뻣하고 회색으로 보이는 잔디밭은 화폭 같았어.

보도 옆에는 눈이 쌓여 있었어. 차가 한 대 지나갔지. 그는 타이어 아래에서 모래가 튀는 소리를 들었어. 그는 거위들이 머리 위로 날아다니고, 산탄총이 어깨에 부딪히게 될 내일은 과연 어떨지 상상해보았지.

그런 다음 그는 문을 잠그고 아래층으로 내려갔어.

침대에서 그들은 독서를 하려 했어. 하지만 둘 다 잠이 들었지. 그녀가 먼저 잡지를 퀼트 이불 위로 떨어뜨렸지.

그는 아기의 울음소리 때문에 깼어.

바깥에는 불이 켜져 있었고, 소녀는 팔로 아기를 안아 흔들며 아기 침대 옆에 서 있었지. 그녀는 아기를 내려놓은 다음 불을 끄고 다시 침대로 왔어.

그는 다시 아기가 우는 소리를 들었어. 소녀는 이번엔 그대로 있었지. 아기는 발작하듯이 울다가 그쳤어. 소년은 귀를 기울이다가 깜빡 잠이 들었어. 하지만 아기의 울음소리에 다시 깼어. 거실 불은 켜져 있었지. 그는 일어나 앉아 램프를 켰어.

뭐가 잘못되었는지 모르겠어, 아기를 안은 채 왔다갔다하며 소녀가 말했어. 옷을 갈아입히고 먹을 것을 줬는데도 계속 울어. 너무 피곤해서 아기를 떨어뜨릴까봐 무서워.

침대로 와, 소년이 말했어. 내가 잠시 안고 있을게.

그는 자리에서 일어나 아기를 받았고, 소녀는 다시 가서 누웠어.

몇 분만 달래줘, 침실에서 소녀가 말했어. 다시 잠이 들 거야.

소년은 소파에 앉아 아기를 안았어. 그는 아기의 눈이 마침내 감길 때까지 아기를 무릎 위에 올려놓은 채 가볍게 흔들었고, 자신의 눈도 따라서 슬슬 감겨오는 것을 느꼈어. 그는 조심스럽게 일어나 아기를 아기 침대에 눕혔지.

네시 십오 분 전이었고, 이제 그에게는 사십오 분밖에 남아 있지 않았어. 그는 침대 속으로 기어들어갔고 곧 잠이 들었지. 하지만 몇 분 후 아기는 다시 울기 시작했고, 이번에는 둘 다 일어났어.

소년은 끔찍한 짓을 했어. 욕설을 내뱉은 거지.

맙소사, 왜 그래? 소녀가 소년에게 물었어. 아기가 아픈 건지도 모르잖아. 어쩌면 목욕을 시키지 말았어야 했는지도 몰라.

소년은 아기를 안아올렸어. 아기는 발로 차며 미소를 지었지.

봐, 소년이 말했어. 뭐가 이상이 있는 것 같지는 않아.

그걸 어떻게 알아? 소녀가 말했어. 자, 나한테 줘. 뭘 좀 줘야 할 것 같은데 뭘 줘야 할지 모르겠어.

소녀는 아기를 다시 내려놓았어. 소년과 소녀는 아기를 바라보았어. 아기는 다시 울기 시작했어.

소녀는 아기를 다시 안았어. 아가야, 아가야. 소녀는 눈물을 머금은 채 말했어.

배탈이 났을 수도 있어, 소년이 말했어.

소녀는 대답하지 않았어. 그녀는 소년에게는 관심을 보이지 않고 계속 아기를 달랬어.

소년은 기다렸어. 그는 부엌에 가서 커피 물을 올렸어. 그는 팬티와 티셔츠 위에 양모 내의를 걸치고 단추를 잠근 후 옷을 입었어.

어딜 가는 거야? 소녀가 물었어.

사냥하러, 소년이 대답했지.

가지 마. 아기가 이런데 혼자 있고 싶지 않아.

칼이 나를 데려가기로 했어. 우리는 같이 가기로 했어.

너와 칼이 무슨 계획을 세웠는지는 상관없어. 칼도 상관없어. 나는 칼이 누군지도 몰라.

전에 칼을 만난 적이 있잖아. 넌 그 사람을 알고 있어, 소년이 말했어. 그를 모르다니 무슨 뜻이야?

중요한 건 그게 아냐. 그리고 그렇다는 걸 너도 알고 있어, 소녀가 말했어.

뭐가 중요하다는 거야? 소년이 말했지. 중요한 건 우리가 사냥을 하기로 했다는 거야.

소녀가 말했어, 나는 네 아내야. 그리고 애는 네 아이야. 아이가 지금 아픈 것 같아. 아기를 봐. 아프지 않다면 왜 울겠어?

네가 내 아내란 건 알아, 소년이 말했어.

소녀는 울기 시작했어. 그녀는 아기를 침대 속에 내려놓았지. 하지만 아기가 다시 울기 시작했어. 소녀는 잠옷 소매로 눈을 훔치며 아기를 안아올렸어.

소년은 부츠 끈을 맸어. 그는 셔츠와 스웨터와 외투를 입었어. 부엌의 스토브 위에서는 주전자 물이 끓으며 휘파람 소리를 냈지.

선택을 해. 칼과 우리 중에. 진담이야, 소녀가 말했어.

무슨 뜻이야? 소년이 물었어.

내가 한 말 들었잖아. 가족을 원한다면 선택을 해야 할 거야, 소녀가 대답했어.

그들은 서로 노려보았어. 그러고 나서 소년은 사냥 도구를 챙겨 밖으로 나갔지. 그는 차의 시동을 걸었어. 그는 차 앞으로 가서 차창에 달라붙은 얼음을 긁어냈어.

시동을 끈 후 소년은 잠시 앉아 있었어. 그러고는 밖으로 나와 집 안으로 다시 들어갔지.

거실 불은 켜져 있었어. 소녀는 침대 위에서 잠이 들어 있었지. 아기는 그녀 옆에서 자고 있었고.

소년은 부츠를 벗었어. 그런 다음 그는 다른 모든 것들을 벗어버렸어. 양말을 신고, 긴 내의를 입은 채로 소파에 앉아 일요일자 신문을 읽었지.

소녀와 아기는 계속 자고 있었어. 잠시 후 소년은 부엌으로 가서 베이컨을 굽기 시작했어.

소녀가 잠옷 바람으로 나와 소년을 팔로 안았지.

안녕, 소년이 말했어.

미안해, 소녀가 말했어.

괜찮아, 그가 대답했지.

그런 식으로 닦아세울 생각이 아니었는데.

내 잘못이야, 그가 말했어.

앉아, 소녀가 말했어. 베이컨하고 와플을 같이 먹는 게 어때?

좋아, 소년이 말했어.

그녀는 팬에서 베이컨을 꺼낸 다음 와플 반죽을 만들었어. 그는 테이블에 앉아 그녀가 부엌을 돌아다니는 모습을 바라보았지.

그녀는 그의 앞에 베이컨과 와플이 든 접시를 내려놓았어. 그는 버터를 바르고 시럽을 부었어. 하지만 음식을 자르기 시작한 순간, 그는 접시를 무릎 위로 쏟았지.

기가 막히는군, 이렇게 말하며 그는 테이블에서 벌떡 일어났어.

네 모습 좀 봐, 소녀가 말했어.

그는 내의에 음식이 몽땅 달라붙어 있는 자기 꼴을 보았지.

배가 몹시 고팠는데, 그는 고개를 저으며 말했어.

배가 고팠을 거야, 이렇게 말하며 그녀는 웃음을 터뜨렸어.

그는 양모 내의를 벗어 욕실 문 쪽으로 던졌어. 그런 다음 두 팔을 벌렸고, 소녀는 그에게 안겼어.

더이상 싸우지 않을 거지, 그녀가 말했어.

그래, 소년이 대답했어.

그는 의자에서 일어나 잔을 다시 채운다.

그거야. 얘기 끝. 별 이야기 아니란 거 인정해.

그가 말한다.

재미있었어.

그녀가 말한다.

그는 어깨를 으쓱하며 잔을 든 채 창가로 간다. 이제 밖은 어둡고 눈은 계속 내리고 있다.

모든 건 변해. 어떻게 변하는지는 모르겠어. 하지만 우리가 깨닫지 못하는 사이에, 원하지 않는다 하더라도 모든 것은 변하지.

그가 말한다.

그래, 그건 사실이야, 다만……

하지만 그녀는 시작한 말을 끝맺지 않는다.

그녀는 이야기를 그만둔다. 그는 창문에 비친, 자기 손톱을 살펴보고 있는 그녀의 모습을 바라본다. 그때 그녀가 고개를 든다. 그녀는 밝은 목소리로 어쨌든 그가 그 도시를 안내해줄 것인지 묻는다.

부츠를 신어, 그리고 같이 가.

그가 말한다.

하지만 그는 창가에 그대로 서서 기억을 더듬는다. 그들은 웃음을 터뜨렸었다. 그들은 서로 기댄 채 웃었고, 결국에는 눈물이 났었다. 그 동안 다른 모든 것들—추위와 그가 가려고 했던 곳—은 어쨌든 잠시나마 저 바깥에 물러나 있었다.

사랑을 말할 때 우리가 이야기하는 것

이야기는 내 친구 멜 맥기니스가 하고 있었다. 멜 맥기니스는 심장 전문의로, 그는 때로 그 덕분에 발언권을 갖기도 한다.

우리 넷은 그의 부엌 테이블에 둘러앉아 진을 마시고 있었다. 싱크대 뒤쪽의 커다란 창문으로 들어온 햇빛이 부엌을 채우고 있었다. 멜과 나와 그의 두번째 아내 테레사 — 우리는 그녀를 테리라고 불렀다 — 그리고 내 아내 로라가 있었다. 우리는 당시 앨버커키에 살고 있었다. 하지만 우리는 모두 타 지역 출신이었다.

테이블 위에는 얼음통이 놓여 있었다. 진과 토닉 워터가 계속이 사람 저 사람의 손으로 옮겨갔고, 어쩌다가 우리의 주제는 사랑으로 넘어갔다. 멜은 진정한 사랑이란 정신적 사랑과 다름없다는 생각을 갖고 있었다. 그는 의대에 가기 전에 신학교에서 오 년을 보냈다고 했다. 그는 지금도 신학교에서 보낸 그 몇 해를 자신의 인생에서 가장 중요한 시간으로 기억한다고 했다.

테리는 멜과 함께 살기 전에 같이 살았던 남자가 자신을 너무나 사랑한 나머지, 죽이려 했었다는 이야기를 했다.

"어느 날 그가 나를 때렸어요. 내 발목을 잡은 채 나를 질질 끌고 거실을 돌아다녔죠. 그는 계속 '나는 너를 사랑해, 너를 사랑해, 이년아' 하고 말했어요. 그는 계속 나를 끌고 돌아다녔죠. 내 머리는 계속 뭔가에 부딪혔어요."

테리는 테이블 주위를 둘러보았다.

"그런 사랑에 대해서는 어떻게 생각해요?"

그녀는 얼굴이 예쁘고, 눈이 검으며, 갈색 머리칼이 등으로 흘러내린, 뼈만 앙상한 여자였다. 그녀는 터키석으로 만든 목걸이와 긴 펜던트 귀걸이를 좋아했다.

"맙소사, 멍청한 소리 마. 그건 사랑이 아냐. 당신도 그렇다는 걸 알고 있어. 뭐라 부를지는 모르겠지만, 하여튼 그걸 사랑이라 하지 않는다는 건 확실해."

멜이 말했다.

"당신이 뭐라 해도, 난 그게 사랑이었다는 걸 알아요."

테리가 말했다.

"당신에게는 정신 나간 소리로 들리겠죠. 하지만 그건 사랑이었어요. 사람들은 저마다 달라요, 멜. 물론 그는 때로 미친 사람처럼 굴었죠. 그래요. 하지만 그는 나를 사랑했어요. 아마 자기 방식대로였겠지만. 사랑은 있었어요, 멜. 거기에 사랑이 없었다는 말은 하지 말아요."

멜은 숨을 내쉬었다. 그는 잔을 든 채 로라와 내 쪽으로 고개를 돌렸다.

"그 작자는 나를 죽이겠다고 위협했어요."

그는 술잔을 비운 후 진이 든 병으로 손을 뻗으며 말했다.

"테리는 낭만주의자야. '나를 걷어차주세요, 그러면 당신이 날 사랑한다는 걸 느낄 수 있어요'라는 식의 주장이지. 테리, 여보, 그런 식으로 쳐다보지 마."

멜은 테이블 너머로 손을 뻗어 손가락으로 테리의 뺨을 만졌다. 그는 그녀를 향해 싱긋 웃었다.

"이 사람은 이제 얘기를 꾸며내려고 해요."

테리가 말했다.

"꾸며내다니, 뭘? 꾸며낼 게 뭐가 있어? 아는 건 아는 거라고. 그뿐이야."

"그건 그렇고 어쩌다가 이런 이야기를 시작하게 되었죠?"

테리가 말했다. 그녀는 잔을 들어 단숨에 들이켰다.

"멜은 항상 마음속에 사랑을 품고 있죠. 그렇지 않아요, 여보?"

그녀는 미소를 지었다. 나는 그것으로 논쟁이 끝났다고 생각했다.

"난 에드가 한 짓을 사랑이라고 부르고 싶진 않아. 내가 말하려는 건 그거야, 여보."

멜이 말했다.

"당신들은 어때요? 그게 사랑인 것 같나요?"

멜이 로라와 내게 물었다.

"나한테 묻는 건 적당치 않아. 난 그 남자를 알지도 못하는걸. 지나가는 말로 이름만 들었을 뿐이야. 난 모르겠어. 자세한 것을 모르니까. 하지만 내 생각에 자네는 사랑이 어떤 절대적인 것이라고 이야기하려는 것 같은데."

나는 대답했다.

"내가 말하는 종류의 사랑이라. 내가 말하는 종류의 사랑은 사람을 잡으려 드는 것은 아니야."

멜이 말했다.

"난 에드나 그 상황에 대해서는 아무것도 몰라요. 그런데 타인의 상황을 판단한다는 게 과연 가능하기나 할까요?"

로라가 말했다.

나는 로라의 손등을 만졌다. 그녀는 내게 재빠른 미소를 보냈다. 나는 로라의 손을 집어들었다. 손은 따뜻했고, 손톱에는 매니큐어가 완벽하게 칠해져 광택이 났다. 나는 손가락으로 그녀의 손목을 감쌌고, 그녀를 안았다.

"내가 떠나자 그는 쥐약을 마셨어요."

테리가 말했다. 그녀는 손으로 자신의 팔을 감쌌다.

"사람들이 산타페에 있는 병원으로 그를 데려갔죠. 당시 우리는 그곳에서 십 마일쯤 떨어진 곳에 살았어요. 사람들이 그의 생명은 구했지요. 하지만 쥐약 때문에 잇몸이 엉망이 되었어요. 잇몸이 치아에서 떨어져나갔다는 뜻이에요. 그후로 그의 치아는 뱀의 송곳니처럼 튀어나와 있었어요."

그녀는 잠시 멈추더니 팔을 쥐고 있던 손을 내려놓고 술잔을 집어들었다.

"어련했겠어요!"

로라가 말했다.

"이제 그는 더이상 아무 짓도 못 하게 되었지. 죽었으니까."

멜이 말했다.

그는 내게 라임 접시를 건네주었다. 나는 한 조각을 들어 술잔에 즙을 짠 다음 손가락으로 얼음 조각을 휘저었다.

"상황은 더 나빠졌죠. 그는 총을 입에 물고 방아쇠를 당겼던 거예요. 하지만 그것도 실패로 끝났죠. 불쌍한 에드."

테리는 그렇게 말하며 고개를 저었다.

"불쌍하다고 할 게 아니야. 그는 위험한 존재였어."

멜은 마흔다섯 살이다. 그는 키가 크고 팔다리가 껑충하며 부드러운 곱슬머리를 지니고 있다. 그의 얼굴과 팔은 테니스 때문에 갈색으로 그을었다. 그의 몸짓과 동작은 술을 마시지 않을 때면 정확하고 아주 조심스럽다.

"하지만 그는 나를 사랑했어요, 멜. 그건 인정해요. 내가 부탁하는 건 그게 다예요. 그는 당신이 나를 사랑하는 식으로는 사랑하지 않았어요. 그랬다는 게 아네요. 하지만 어쨌든 그는 나를 사랑했어요. 그건 인정할 수 있죠, 그렇죠?"

"그건 무슨 얘기예요. 실패했다니?"

내가 물었다.

로라는 잔을 든 채 몸을 숙였다. 그녀는 팔꿈치를 테이블에 올려놓은 채, 양손으로 술잔을 감싸쥐었다. 그녀는 멜에서 테리에게 눈길을 돌리며, 친한 누군가에게 정말 그런 일이 일어났다는 데 놀란 듯 솔직하게 당황한 표정을 지으며 기다렸다.

"자살을 하려다 어떻게 실패를 한 거지?"

나는 재우쳐 물었다.

"무슨 일이 있었는지 얘기해주지. 그는 테리와 나를 위협하려고 산 22구경 권총을 꺼냈어. 오, 농담이 아냐. 그 남자는 항상 위협을 했어. 우리가 그때 어떻게 살았는지 봤어야 했는데. 도망자 같았지. 내가 직접 총 한 자루를 사기까지 했어. 믿을 수 있어? 나 같은 남자가 말야. 하지만 그렇게 했어. 호신용으로 총 한 자루를 사서 자동차의 글로브 박스 안에 넣고 다녔지. 때로는 한밤중에 테리의 아파트를 나와야 했어. 병원에 출근하기 위해서 말야. 알지? 테리와 나는 당시 결혼하지 않은 상태였고, 내 전처가 집과 아이들과 개와 모든 걸 갖고 있었기 때문에 테리와 나는 그 아파트에서 살았지. 가끔은 전에 얘기했던 것처럼 한밤중에 전화를 받고 새벽 두세 시에 병원에 가야 하는 일도 있었지. 주차장은 어두웠고, 차가 있는 곳까지 가기도 전에 땀이 나기도 했어. 그가 덤불 숲이나 자동차 뒤에서 불쑥 튀어나와 총질을 해댈지 알 수 없었던 거야. 내 말은, 그 작자가 미쳤다는 거야. 그는 폭탄을 설치할 수도 있었고, 다른 짓을 할 수도 있었어. 그는 시도 때도 없이 병원의 내가 근무하는 과로 전화를 해서 의사와 얘기를 해야 한다고 했어. 그래서 내가 전화를 받으면 그는 '개새끼, 네 목숨도 며칠 안 남았어' 하고 말하곤 했어. 그런 말들을 내뱉곤 했지. 지금이니까 하는 말인데, 나는 겁이 났어."

멜이 대답했다.

"나는 여전히 그가 안됐어요."

테리가 말했다.

"악몽처럼 들리는군요. 한데 그가 총으로 자살을 기도한 후 정확히 무슨 일이 있었던 거예요?"

로라가 물었다.

로라는 법률 사무소의 비서다. 우리는 일을 하다가 만났다. 우리의 구애는 스스로 미처 깨닫기도 전에 시작되었다. 그녀는 나보다 세 살 어린 서른다섯 살이다. 우리는 서로 사랑할 뿐만 아니라 서로 좋아하며 서로의 지인들과 어울리는 걸 즐긴다. 그녀는 함께 있기에 편한 사람이다.

"그래서 무슨 일이 있었죠?"

로라가 재우쳐 물었다.

"그는 자기 방에서 총구를 문 채 방아쇠를 당겼지. 누군가 총성을 들었고, 관리인에게 얘기를 했어. 그들은 여벌의 열쇠로 따고 들어가 무슨 일이 일어났는지 보았고, 앰뷸런스를 불렀지. 그들이 그를 데려왔을 때 나는 마침 병원에 있었어. 살아 있긴 했지만 제대로 살려낼 가능성은 없었어. 그 작자는 사흘을 더 살았어. 그의 머리는 정상인 머리의 두 배 크기로 부어올랐지. 그런 건 본 적도 없고, 앞으로도 다시는 보고 싶지 않아. 무슨 일이 있었는지 알게 된 테리는 병실 안에 들어가 그 곁에 앉아 있고 싶어했어. 그 일로 우리는 싸웠지. 나는 그녀가 그 지경이 된 걸 봐서는 안 된다고 생각했어. 그녀가 그를 봐선 안 된다고 생각한 거지. 그리고 그 생각은 지금도 마찬가지고."

멜이 대답했다.

"그 싸움에서는 누가 이겼어요?"

로라가 물었다.

"그가 죽을 때 나는 그 방에서 그와 함께 있었어요. 그는 살아나지 못했죠. 하지만 난 그 옆에 앉아 있었어요. 그에게는 다른 누구도 없었거든요."

테리가 대답했다.

"그는 위험한 작자였어. 그걸 사랑이라고 부르고 싶다면 그렇게 해."

멜이 말했다.

"그건 사랑이었어요. 물론 대부분 다른 사람들의 눈에는 비정상으로 보이겠죠. 하지만 그는 그 때문에 기꺼이 죽으려고 했어요. 실제로도 그 때문에 죽었고."

"난 절대 그걸 사랑이라고 할 수 없어. 내 말은, 누구도 그가 무엇 때문에 죽었는지 모른다는 얘기야. 난 자살한 사람들을 많이 보았어. 그렇지만 그들이 정말 왜 자살을 했는지는 아무도 알 수 없다는 얘기야."

멜은 목덜미에 손을 대고 의자를 기울였다.

"그걸 사랑이라고 부르고 싶다면 그렇게 해. 난 그런 종류의 사랑에는 관심없어. 그걸 사랑이라 부르고 싶다면 그렇게 하라고."

"우리는 겁이 났어요. 멜은 유언장까지 쓴 후 캘리포니아에 살고 있는 공수부대 출신의 동생에게 그걸 보냈죠. 멜은 자신에게 무슨 일이 생기면 누구를 찾아야 할지 그에게 일러주었어요."

테리는 그렇게 말하며 자기 술을 마셨다.

"하지만 멜의 말이 옳아요. 우리는 도망자처럼 살았죠. 우린 겁이 났어요. 멜도 그랬죠. 그렇지 않아, 여보? 어느 시점에 나는 경찰에도 연락을 했어요. 하지만 도움이 되지 않았죠. 그들 말로는 에드가 실제로 무슨 짓을 하기 전에는 아무것도 할 수가 없대요. 웃기지 않아요?"

멜은 마지막 남은 진을 테리의 술잔에 부은 후 술병을 흔들었다. 그는 테이블에서 일어나 찬장 쪽으로 갔다. 그는 술병 하나를 더 꺼냈다.

"글쎄요, 닉과 나는 사랑이 뭔지 알아요. 우리 경우에는 말예요."

로라가 말했다. 그녀는 자신의 무릎을 내 무릎에 부딪쳤다.

"이제 당신이 뭐라고 해봐요."

그녀는 내 쪽으로 고개를 돌리며 미소를 지었다.

대답 대신 나는 로라의 손을 잡아 내 입술에 갖다댔다. 나는 그녀의 손에 과장되게 키스를 했다. 모두 즐거워했다.

"우린 운이 좋아요."

내가 말했다.

"당신들, 그만 해요. 역겨워라. 맙소사, 당신들 아직도 신혼이네요. 아직도 넋이 나가 있어요. 가만. 함께한 지 얼마나 됐죠? 얼마나 된 거예요? 일 년? 그 이상?"

테리가 말했다.

"일 년 반 됐죠."

얼굴을 붉히고 미소를 지으며 로라가 대답했다.

"오, 잠깐. 잠깐만 기다려요."

그녀는 술잔을 든 채 로라를 응시했다.

"그냥 농담이었어요."

테리가 말했다.

멜은 진 뚜껑을 열고 한 잔씩 돌렸다.

"자, 여러분. 건배합시다. 건배하자구요. 사랑을 위해 건배. 진정한 사랑을 위해."

멜이 말했다.

우리는 술잔을 부딪쳤다.

"사랑을 위해."

우리는 말했다.

바깥 뒤뜰에서 개 한 마리가 짖기 시작했다. 창문 쪽으로 기울어진 포플러 잎사귀가 유리창을 긁어댔다. 방 안에 들어온 오후 햇살이 편안하고 넉넉한 느낌을 더해주고 있었다. 우리는 마법의 장소에 와 있는 듯했다. 우리는 다시 잔을 들었고, 뭔가 금지된 일을 하자고 작정한 애들처럼 서로 바라보며 미소를 지었다.

"진정한 사랑이 뭔지 내가 말해보지. 좋은 예를 하나 들게. 그런 다음 각자 결론을 내려봐."

멜은 이렇게 말하며 자기 잔에 진을 좀더 따랐다. 그는 얼음과 라임 조각을 넣었다. 우리는 기다리며 술을 홀짝였다. 로라와 나는 다시 무릎을 부딪쳤다. 나는 그녀의 따뜻한 허벅지 위에 손을 올려놓았다.

"우리가 사랑에 대해 정말 알고 있는 게 뭘까? 사랑에서 우리는 초보자일 뿐인 것 같아. 우리는 서로 사랑한다고 말하고 서로 사랑하기도 하지. 그 점은 의심치 않아. 나는 테리를 사랑하고 테리는 나를 사랑하지. 그리고 당신들 역시 서로 사랑하고. 지금 내가 얘기하는 종류의 사랑이 뭔지는 알 거야. 육체적인 사랑, 특별한 누군가에게 이끌리는 충동, 그리고 다른 어떤 존재, 상대의 본질

에 대한 사랑 말이야. 세속적 사랑, 말하자면 다른 사람에 대해 일
상적으로 배려하는 감상적인 사랑이라고 부를 수도 있겠지. 그런
데 가끔 내가 전처 역시 사랑했었다는 사실을 고려하게 되면 헷갈
리기도 해. 하지만 내가 사랑했었고, 그랬다는 걸 알고는 있어. 그
래서 바로 그런 점에서 내가 테리와 비슷하다는 생각을 하지. 테
리와 에드 문제 말이야."

그는 그 문제에 대해 잠시 생각하더니 얘기를 이었다.

"전처를 생명보다도 더 사랑한다고 생각했던 적도 있어. 하지
만 지금 나는 그녀를 혐오해. 그래, 이건 어떻게 설명하지? 그 사
랑에는 무슨 일이 일어난 거지? 그 사랑에 무슨 일이 일어났는지
난 알고 싶어. 누군가 얘기를 해줬으면 좋겠어. 그리고 그 에드라
는 자가 있지. 그래, 다시 에드 얘기로 돌아가는 거야. 그는 테리
를 너무 사랑한 나머지 그녀를 죽이려 했고, 결국 자살했어."

멜은 얘기를 중단하고 술을 마셨다.

"당신들은 열여덟 달을 함께했고 서로 사랑하고 있지. 얼굴에
씌어 있어요. 사랑으로 광채가 나니까. 하지만 당신들은 서로 만
나기 전에 각자 다른 사람을 사랑했어. 당신들은 우리처럼 전에
결혼을 한 적이 있지. 그리고 그전에도 다른 누군가를 사랑했을
수 있어. 테리와 나는 함께한 지 오 년이 되었고, 결혼한 지 사 년
이 되었지. 그런데 끔찍한 건, 정말 끔찍한 건, 한편으로는 좋기도

한 건데, 우리를 구원할 어떤 은총이라고도 할 수 있는 건, 만약 우리 중 누군가에게 무슨 일이 생긴다면 — 이런 말을 해서 미안해요 — 바로 내일 우리 중 누군가에게 무슨 일이 생긴다면 그 상대, 그러니까 다른 한쪽은 한동안 슬퍼하다가도 다시 기운을 차리고 곧 다른 누군가를 만나 다시 사랑을 하게 될 거라는 거야. 그러면 이 모든 게, 우리가 이야기하고 있는 이 모든 사랑이 그냥 추억이 되겠지. 어쩌면 추억조차 되지 않을 수도 있어. 내 말이 틀렸나? 근거가 없나? 내 말이 틀렸다면 바로잡아봐. 난 알고 싶어. 내 말은, 난 아무것도 모르겠다는 거야. 그리고 나는 그 사실을 누구보다도 먼저 인정하는 바일세."

"멜, 맙소사."

테리가 말했다. 그녀는 손을 뻗어 그의 손목을 잡았다.

"취해요, 여보? 취했어요?"

"여보, 난 그냥 얘기를 하려는 것뿐이야. 괜찮냐고? 내가 생각하는 바를 말하려면 취할 필요까진 없어. 내 말은, 우린 그냥 얘기를 나누고 있을 뿐이라는 거야, 그렇지 않아?"

멜이 말했다. 그는 시선을 그녀에게 고정시켰다.

"여보, 비난하는 게 아녜요."

테리가 말했다.

그녀는 자기 잔을 집어들었다.

"오늘은 병원에서 연락이 와도 가지 않을 거야. 당신에게 그걸 상기시켜주고 싶어. 연락이 와도 가지 않을 거야."

그가 말했다.

"멜, 우린 당신을 사랑해요."

로라가 말했다.

멜은 로라를 쳐다보았다. 그는 로라가 누구인지 모른다는 듯, 자기가 아는 여자가 아니라는 듯 그녀를 쳐다보았다.

"나 역시 당신을 사랑해요, 로라. 그리고, 자네, 닉, 자네도 사랑하네. 이거 알아? 당신들은 우리 친구야."

멜이 말했다.

그는 자기 잔을 들었다.

멜이 말했다.

"뭔가 얘기하려고 했었지. 내 말은, 그 요점을 증명해 보이겠다는 거야. 이 일이 있은 건 몇 달 전이네. 하지만 지금도 계속되고 있지. 사랑에 관해 뭔가 아는 것처럼 말할 때 우리가 이야기하는 것들에 대해선 창피해해야 마땅해."

"이제 그만 해요. 취하지 않았으면서 술 취한 것처럼 말하지 말아요."

테리가 말했다.

"제발 한 번만이라도 입 좀 닫고 있어."

멜은 아주 조용히 말했다.

"제발 부탁이니 잠시 그렇게 해주겠어? 그래, 하려던 이야기는 말야, 주간(州間) 고속도로에서 교통사고를 당한 나이 든 부부가 있었어. 어떤 애가 차로 그들의 차를 받았고, 그들은 온몸이 엉망으로 찢어졌지. 누구도 그들이 살아남을 가능성이 많다고 생각지 않았어."

테리는 우리를, 그런 다음에는 멜을 쳐다보았다. 그녀는 불안한 기색이었다. 불안하다는 표현이 좀 센 건지도 모르겠지만.

멜은 테이블 주위로 술병을 건넸다.

"그날 밤 병원에서 연락이 왔어. 오월 아니면 유월이었을 거야. 테리와 내가 저녁을 먹으려고 앉아 있는데 병원에서 연락이 온 거야. 주간 고속도로에서 사고가 발생한 거지. 술에 취한 십대가 아버지의 픽업 트럭을 몰다 노부부가 몰던 캠핑용 차량을 들이받은 거야. 부부는 칠십대 중반이었지. 열여덟이나 열아홉 살쯤 된 그 애는 병원에 도착했을 때 이미 사망한 상태였어. 운전대가 흉골을 관통했더군. 노부부는 살아 있었어. 간신히. 하지만 성한 데라곤 없었지. 복합 골절에 장기파열, 출혈, 타박상, 그리고 열상까지. 둘 다 모두 뇌진탕이었지. 상태가 좋지 않았어. 그리고 그들은 나이까지 많았어. 그중에서도 여자 쪽이 더 좋지 않았지. 온몸이 말이 아닌데다가 비장까지 파열되었으니까. 양쪽 무릎 연골도 파열되었지. 한데 그들은 안전벨트를 착용하고 있었고, 그 덕분에 한동안 살아 있었지."

"여러분, 이건 전국 교통 안전 위원회 광고입니다. 이분이 대변인입니다. 멜빈 R. 맥기니스 박사님이 말씀하고 계십니다."

테리는 웃음을 터뜨렸다.

"멜, 당신은 때로 지나쳐요. 하지만 당신을 사랑해요, 여보."

"여보, 나도 당신을 사랑해."

멜이 말했다.

그는 테이블 위로 몸을 기울였다. 테이블 중간쯤에서 그들의 얼굴이 만났고, 키스했다.

멜은 몸을 뒤로 젖히며 이야기를 계속했다.

"테리의 말이 옳아요. 안전벨트를 매도록 해. 한데 정말이지 그 노인네들은 어느 정도 목숨은 유지하고 있었어. 방금 말한 것처럼 내가 병원에 도착했을 때 애는 이미 죽어 있었지. 그는 구석의 바퀴 달린 들것 위에 누워 있었어. 나는 노부부를 한 번 본 다음 응급실 간호사에게 신경 전문의와 정형외과 전문의와 외과의 두서넛 정도를 바로 불러달라고 했어."

그는 자기 술을 마셨다.

"짧게 끝낼게. 그래서 우리는 그 둘을 수술실로 옮겨서 거의 밤을 새다시피 하며 미친 듯이 일했어. 두 사람은 믿을 수 없을 정도로 목숨이 질겼지. 가끔 그런 사람들을 보게 돼. 그래서 우리는 할 수 있는 일을 전부 다 했지. 아침이 되었을 때 그들이 살아남을 가능성은 오십 대 오십 정도로 보였고, 여자 쪽은 그보다도 더 낮았어. 그럼에도 이튿날 그들은 살아 있었어. 우리는 그들을 집중치료실로 옮겼지. 그들은 이 주 동안 그곳에서 치료를 받았고, 모든 면에서 점점 나아졌어. 그래서 우리는 그들을 각자 입원실로 옮겼지."

멜은 얘기를 멈췄다.

"자, 이 싸구려 진을 비워버리자구. 그런 다음 저녁 식사를 하러 가는 게 어때, 좋지? 테리와 내가 새로 연 식당을 알고 있거든. 가려는 데는 거기야. 하지만 맛이 형편없는 이 싸구려 진을 마저 비운 다음 가는 거야."

그가 말했다.

"사실 우린 거기서 식사를 해보지는 못했어요. 하지만 괜찮아 보이더군요. 어쨌든 밖에서 보기에는요."

테리가 말했다.

"나는 음식이 좋아. 만약 처음부터 다시 시작해야 한다면 나는 요리사가 되겠어, 알아? 맞지, 테리?"

멜이 말했다.

그는 웃음을 터뜨렸다. 그는 자기 잔 속의 얼음을 손가락으로 만지작거렸다.

"테리는 이걸 알고 있을 텐데. 테리가 대신 얘기해줄 수도 있어요. 하지만 이번엔 내가 얘길 하지. 내세에서 전혀 다른 시간과 인생을 살게 된다면 말이지, 내가 무슨 얘기 하는지 알겠지? 나는 기사가 되고 싶어. 갑옷을 전부 껴입으면 아주 안전할 거야. 화약이나 화승총, 권총 같은 게 나타나기 전까지는 기사도 괜찮았지."

"멜은 창을 들고 말을 타고 싶어해요."

테리가 말했다.

"어딜 가나 여자의 스카프를 지니고 다니는 거죠."

로라가 덧붙였다.

"아니면 그냥 여자를 하나 데리고 다니거나."

멜이 말했다.

"창피한 줄 알아요."

로라가 말했다.

"농노로 태어나면 어떻게 할 거예요. 그 당시 농노들의 삶은 별로 좋지 않았는데."

테리가 물었다.

"농노들의 삶은 좋지 않았지. 하지만 기사 역시 누군가의 기신이었을 거야. 그런 식이었지 않았나? 당시에는 모든 사람이 항상 누군가의 기신이었지. 그렇지 않아, 테리? 하지만 내가 기사와 관련해 좋아하는 건, 여자들을 제외하고 말야, 갑옷이 있어서 쉽게 다치지 않는다는 거야. 당시에는 차도 없었지. 그래서 술 취한 십대가 와서 들이받는 일도 없었어."

"가신(家臣)이에요."

테리가 말했다.

"뭐라고?"

"가신이라니까요. 그들은 기신이 아니라 가신이라고 불렀어요."

"가신, 기신. 그게 무슨 차이야? 아무튼 내가 무슨 말을 하려는지 알잖아. 좋아, 그래. 나 무식해. 전공공부야 했지. 심장 전문의이긴 해. 하지만 난 그냥 기술자일 뿐이야. 그냥 몸을 열고 둘러본 다음 수리를 하는 거지. 제기랄."

멜이 말했다.

"당신은 겸손한 게 어울리지 않아요."

테리가 말했다.

"이 친구는 그냥 한낱 외과의일 뿐이죠. 하여튼 갑옷 입은 사람들은 때로 질식하기도 했어, 멜. 너무 더워 피곤한 나머지 진이 빠지게 되면 심장마비를 일으키기도 했지. 말에서 떨어져서 그 모

222

든 갑옷들을 걸친 채 너무 지친 나머지 몸을 일으키지도 못했다는 얘기를 어디서 읽은 적이 있어. 때로 그들은 자기 말에 짓밟히기도 했지."

내가 말했다.

"끔찍하군. 끔찍한 일이야, 니키. 그대로 거기 누워서 누군가 그들을 난도질하러 오기를 기다리곤 했겠네."

"다른 어떤 가신이 말예요."

테리가 말했다.

"맞아. 어떤 가신이 와서 사랑의 이름으로 그들을 창으로 찔렀을 거야. 아니면, 그게 뭐였든 간에 당시 싸우고 있던 명분을 들먹이며."

"지금 우리가 싸우고 있는 것과 같은 명분을 놓고."

테리가 말했다.

"변한 건 아무것도 없어요."

로라가 말했다.

그녀의 얼굴은 여전히 홍조를 띠고 있었다. 그녀의 눈이 반짝였다. 그녀는 잔을 입술로 가져갔다.

멜은 또 한 잔을 따랐다. 그는 자릿수가 긴 숫자를 살펴보기라도 하는 듯 라벨을 가까이 놓고 바라보았다. 그런 다음 천천히 술병을 내려놓고 천천히 토닉 워터에 손을 뻗었다.

"그 노부부는 어떻게 됐어요? 시작한 얘기를 끝내지 않았잖아요."

로라가 물었다.

그녀는 담뱃불을 붙이느라 애를 먹고 있었다. 성냥불이 계속 꺼졌다.

방 안의 햇빛은 이제 달라져 있었다. 햇빛은 변하고 있었고, 더 옅어지고 있었다. 하지만 창 밖의 나뭇잎들은 아직도 희미하게 가물거리고 있었다. 나는 유리창과 포마이카 카운터 위에 그림자가 그리고 있는 문양들을 바라보았다. 물론 문양들은 서로 동일하지 않았다.

"그 노부부는 어떻게 됐어?"

내가 물었다.

"더 나이 먹고 더 현명해졌죠."

테리가 대답했다.

멜은 그녀를 쏘아보았다.

"얘기 계속해요, 여보. 그냥 농담이었다구요. 그런 다음 무슨 일이 있었어요?"

테리가 말했다.

"테리, 때로는."

멜이 말했다.

"제발, 멜. 항상 그렇게 심각해하지 말아요, 여보. 농담도 못 받아들여요?"

"무슨 농담이 그래?"

그는 잔을 들고 아내를 가만히 쳐다보았다.

"무슨 일이 일어났던 거예요?"

로라가 물었다.

멜은 시선을 로라에게 고정시켰다.

"로라, 내게 테리가 없고, 내가 그녀를 그토록 사랑하지 않는다면, 그리고 닉이 내 제일 친한 친구가 아니라면 당신을 사랑하게 되었을 거예요. 당신을 빼앗았을 거야."

멜이 말했다.

"얘기나 해봐요. 그런 다음 새로 생긴 식당에 가는 거예요, 됐죠?"

테리가 말했다.

"나는 그들 두 사람을 매일같이 보러 갔어. 때로 다른 연락이 오면 하루에 두 번씩 들르기도 했지. 둘 다 모두 머리끝에서 발끝까지 깁스와 붕대를 하고 있었어. 영화에서 그런 장면 봤을 거야. 그들은 정말 영화처럼 하고 있었어. 작은 눈 구멍과 콧구멍, 입 구멍만 있었지. 거기에다 그녀는 다리까지 매달고 있었어. 남편은 오랫동안 아주 절망적이었어. 아내가 나아지리라는 것을 알게 된 후에도 그는 계속해서 자포자기 상태였어. 하지만 그 사고 때문만은 아니었어. 내 말은 그 사고가 하나의 원인이긴 했지만 모든 원인은 아니었다는 거야. 나는 그의 입 구멍에 귀를 대곤 했어. 그는 사고 때문이 아니라 그녀를 눈 구멍을 통해 볼 수 없다는 사실 때문에 절망했어. 그게 자기를 상심하게 한다고 했지. 상상할 수 있어? 그는 머리를 돌려 자기 마누라를 볼 수 없어서 마음이 아팠던 거야."

멜은 테이블 주위를 둘러보며 자신이 말하려는 것 때문에 고개를 내저었다.

"내 말은, 그 늙은이가 망할놈의 마누라를 볼 수 없다는 사실 때문에 죽어가고 있었다는 거야."

우리는 모두 멜을 바라보았다.

"내가 하는 말이 뭔지 알겠어?"

그가 말했다.

그때 우리는 약간 취했었는지도 모른다. 나는 집중이 되지 않았다. 빛은 들어왔던 창문을 통해 다시 방을 빠져나가고 있었다. 하지만 누구도 테이블에서 일어나 머리 위의 등을 켜려 하지 않았다.

"들어봐. 이 망할놈의 진을 다 비우자고. 한 잔씩 돌리기에 충분할 정도로 남은 것 같군. 그런 다음 식사를 하러 가지. 새로 연 식당으로 가자고."

멜이 말했다.

"이 사람, 우울해졌어요. 멜, 약을 먹지 그래요?"

테리가 제안했다.

멜은 고개를 저었다.

"있던 약은 다 먹었어."

"우리 모두 이따금 약이 필요하지."

내가 말했다.

"태어날 때부터 그게 필요한 사람도 있어요."

테리가 말했다.

그녀는 테이블 위의 뭔가를 손가락으로 문질렀다. 그러고는 동작을 멈췄다.

"애들에게 전화를 하고 싶은 것 같아. 모두 괜찮지? 애들에게 전화를 해야겠어."

멜이 말했다.

"마조리가 전화를 받으면 어떻게 해요? 여러분도 마조리 얘기는 들었죠? 여보, 당신은 마조리하고는 얘기하고 싶어하지 않잖아요. 기분만 더 상할 거예요."

테리가 말했다.

"마조리하고는 얘기하고 싶지 않아. 하지만 애들과는 얘기하고
싶어."

"멜은 그녀가 재혼을 했으면 한다는 얘기를 하지 않고 넘어가
는 날이 없을 정도예요. 아니면 죽어버리거나."

테리가 말했다.

"우선, 우린 그녀 때문에 파산 상태예요. 멜은 그녀가 재혼을
하지 않는 건 자기에게 무슨 억하심정이 있어서라고 해요. 그녀
는 남자친구와 아이들과 같이 살고 있고, 그래서 멜은 그 남자친
구까지 부양하고 있는 셈이죠."

"그녀는 벌에 알레르기가 있어. 그녀가 재혼하기를 기도하지
않았다면, 망할놈의 벌떼에 쏘여 죽기를 기도했을 거야."

멜이 말했다.

"부끄러운 줄 알아요."

로라가 말했다.

"위이잉."

멜은 손가락으로 벌 모양을 만들어 테리의 목에 달려드는 시늉
을 했다. 그런 다음 그는 손을 양옆으로 떨구었다.

"그 여잔 못됐어. 때로 나는 양봉업자처럼 차려입고 그 집에 갈
까 하는 생각도 해. 얼굴가리개가 달린 헬멧처럼 생긴 모자를 쓰

고, 커다란 장갑을 끼고, 솜을 넣은 외투를 입고 말야. 문을 노크한 다음 벌떼를 그 집 안에 풀어놓는 거야. 물론 먼저 아이들이 집에 없는 걸 확인한 다음에."

그는 한쪽 다리를 다른 쪽 다리에 포갰다. 그렇게 하는 데 시간이 많이 걸리는 듯 보였다. 그런 다음 그는 두 발을 마룻바닥에 내리고 몸을 앞으로 기대며 팔꿈치를 테이블 위에 올려놓고는 두 손으로 뺨을 감쌌다.

"애들에게 전화하지 말아야 할 것 같아. 그다지 좋은 생각이 아닌 것 같아. 그냥 식사를 하러 가지. 어때?"

"먹으러 가든, 안 가든 좋아. 아니면 계속 술을 마시지. 곧장 밖으로 나가 석양으로 향할 수도 있어."

내가 대답했다.

"그게 무슨 말이에요, 여보?"

로라가 물었다.

"말한 그대로야. 그냥 계속해서 갈 수도 있다는 거지. 그 뜻이야."

"뭔가 먹을 수 있을 것 같아요. 이렇게 배가 고팠던 적은 없어요. 요기할 만한 게 있나요?"

로라가 말했다.

"치즈와 크래커를 조금 내오죠."

테리가 대답했다.

하지만 그녀는 그대로 앉아 있었다. 뭔가 가져오려고 자리에서 일어나지는 않았다.

멜은 잔을 뒤집었다. 그는 술을 테이블 위에 쏟았다.

"진이 다 떨어졌어."

멜이 말했다.

"이제 어떻게 하죠?"

테리가 물었다.

나는 내 심장이 뛰는 소리를 들을 수 있었다. 다른 모두의 심장 소리도 들을 수 있었다. 방이 어두워졌는데도 그 누구도 움직이지 않고 그대로 앉아서 내고 있는, 그 인간적인 소음을 나는 들을 수 있었다.

한 마디 더

밤에 직장에서 돌아온 L. D.의 아내 맥신은, 그에게 나가라고 얘기했었는데도 L. D.가 다시 술을 마시고 열다섯 살짜리 딸 레이에게 욕을 하고 앉아 있는 것을 보았다. L. D.와 레이는 부엌 테이블에 앉아 서로 말다툼을 하고 있었다. 맥신은 지갑을 치우거나 외투를 벗을 시간도 없었다.

"아빠에게 말해줘요, 엄마. 우리가 한 얘기를 해줘요."

레이가 말했다.

L. D.는 손에 든 잔을 빙빙 돌리기는 했지만 마시지는 않았다. 맥신은 사나우면서도 불안한 시선으로 그를 바라보았다.

"알지도 못하면서 간섭하지 마. 하루종일 점성술 잡지나 읽고 앉아 있는 인간의 말을 진지하게 받아들일 수는 없으니까."

L. D.가 말했다.

"그건 점성술과는 아무 상관 없어요. 날 그렇게 모욕하지 말아요."

레이가 대답했다.

레이는 몇 주 동안 학교에 가지 않고 있었다. 그녀는 누구도 자신이 학교에 가게 만들 수는 없을 거라고 했다. 맥신은 그것이 싸구려 셋집에 사는 것에 더해진 또다른 비극이라고 말했다.

"왜 둘 다 입을 다물지 못하는 거야! 맙소사, 벌써 머리가 아파오기 시작해."

맥신이 말했다.

"아빠한테 얘기해줘요, 엄마. 모든 건 아빠 생각일 뿐이라고요. 뭘 좀 아는 사람이라면 전부 그건 아빠 머릿속에 있는 것일 뿐이라고 할걸요!"

"그렇담 당뇨병은 어떠냐? 간질은? 뇌가 그걸 지배할 수 있겠냐?"

L. D.가 물었다.

그는 맥신의 눈 바로 아래에 술잔을 들어 그것을 비웠다.

"당뇨병도 마찬가지예요. 간질도요. 모든 게요! 뇌는 몸에서 가장 강력한 기관이에요."

레이가 대답했다.

그녀는 담배를 집어들어 불을 붙였다.

"암은? 암은 어떻지?"

L. D.가 재우쳐 물었다.

그는 이제 레이를 꼼짝 못하게 했다고 생각했다. 그는 맥신을 바라보았다.

"어쩌다 이 얘기를 시작하게 되었는지 모르겠어."

L. D.가 맥신에게 말했다.

"암 역시 마찬가지예요."

레이는 그가 그토록 멍청한 것이 믿기지 않는다는 듯 고개를 저으며 대답했다.

"암 역시 마찬가지예요. 암도 뇌에서 시작돼요."

"그건 정신 나간 얘기야!"

L. D.가 말했다. 그는 손바닥으로 테이블을 쳤다. 재떨이가 뛰어올랐다. 그의 잔이 옆으로 넘어지며 굴러떨어졌다.

"넌 미쳤어, 레이! 그거 알아?"

"입 닥쳐요!"

맥신이 말했다.

그녀는 외투의 단추를 풀고, 지갑을 카운터 위에 놓았다. 그녀는 L. D.를 보며 말했다.

"L. D., 난 질렸어요. 레이도 그렇고요. 당신을 아는 사람 전부가 그래요. 그 점에 대해 생각해봤어요. 난 당신이 여길 나가주길 바라요. 오늘 밤에. 지금. 지금 당장. 지금 당장 나가요."

L. D.는 어디에도 가고 싶은 생각이 없었다. 그는 맥신에게서 눈을 돌려, 점심때부터 테이블 위에 놓여 있던 피클 항아리를 쳐다보았다. 그는 항아리를 들어 부엌 창문으로 던졌다.

레이가 의자에서 벌떡 일어났다.

"하나님 맙소사! 아빠 미쳤어!"

그녀는 자리에서 일어나 어머니 곁에 섰다. 그녀는 입으로 숨을 짧게 들이켰다.

"경찰에 연락해. 저 사람은 난폭해. 저 사람이 너를 다치게 하기 전에 부엌을 나가. 경찰에 연락해."

맥신이 말했다.

그들은 뒷걸음질쳐 부엌을 빠져나가기 시작했다.

"가겠어. 좋아, 지금 당장 가지."

그가 말했다.

"가는 게 좋겠어. 한데 이 집 사람들은 모두 미쳤어. 여긴 정신병원이야. 저기 밖에는 다른 삶이 있어. 내 말을 믿어, 이건 장난이 아냐, 이 집은 정신병원이야."

그는 창문 구멍으로 들어온 공기를 얼굴에서 느낄 수 있었다.

"내가 가려는 곳은 저기야. 저기 바깥."

234

그는 그렇게 말하며 손가락으로 가리켰다.

"좋아."

맥신이 말했다.

"좋아, 난 간다고."

L. D.가 말했다. 그는 손으로 테이블을 내리쳤다. 그는 자기 의자를 뒤로 찼다. 그는 자리에서 일어났다.

"다시는 나를 못 볼 거야."

L. D.가 말했다.

"지금까지만으로도 당신을 기억할 일은 충분해."

맥신이 말했다.

"좋아."

"계속해, 나가. 여기 집세는 내가 내고 있어. 가라고 하잖아. 지금 당장."

"가고 있다니까. 밀지 마. 가고 있다니까."

"그냥 가버려."

"이 정신병원을 나가고 있다니까."

그는 침실로 가서 옷장에서 그녀의 여행가방 하나를 꺼냈다. 그것은 걸쇠가 망가진, 낡고 하얀 노거하이드* 여행가방이었다.

---

* 비닐 코팅이 된 천. 주로 가죽 소파 같은 것을 만드는 데 쓰인다.

그녀는 대학교에 다닐 때, 그 안에 스웨터를 가득 채워 다니곤 했었다. 그 역시 대학을 다녔었다. 그는 여행가방을 침대에 던진 후 속옷과 바지, 셔츠, 스웨터, 황동 버클이 있는 낡은 가죽 벨트와 양말, 그리고 그가 가진 다른 모든 것들을 넣기 시작했다. 그는 침대 스탠드에서 읽을 잡지를 챙겼다. 재떨이도 챙겼다. 그는 여행가방 안에 넣을 수 있는 모든 것, 그 안에 들어갈 수 있는 모든 것을 챙겨 넣었다. 그는 성한 한쪽 걸쇠를 채우고, 끈을 묶었다. 그때 그는 문득 욕실용품이 생각났다. 그는 옷장 선반, 그녀의 모자 뒤에 놓여 있는 비닐로 된 면도용품 가방을 찾아냈다. 그는 그 안에 면도기와 면도 거품, 탤컴 파우더,* 막대 모양의 탈취제와 칫솔을 넣었다. 치약도 챙겼다. 그런 다음 그는 치실도 챙겼다.

그는 그들이 거실에서 목소리를 낮춰 이야기하는 소리를 들을 수 있었다.

그는 얼굴을 씻었다. 그는 비누와 수건을 면도용품 가방 속에 넣었다. 그런 다음 세면대 위쪽에 있던 비누 접시와 잔, 손톱깎이와 그녀의 속눈썹 컬 기도 넣었다.

면도용품 가방이 닫히지 않았지만 상관없었다. 그는 외투를 입

---

* 활석 가루에 붕산과 향료를 넣은 땀 흡수용 화장품.

고 여행가방을 들었다. 그는 거실로 나갔다.

그를 본 맥신은 레이의 어깨에 팔을 둘렀다.

"끝났어. 이걸로 작별이야."

그가 말했다.

"다시는 당신을 보게 되지 않을 거라는 말 외에는 무슨 말을 해야 좋을지 모르겠군. 너도."

L. D.는 레이에게 말했다.

"너와 너의 미친 생각들을."

"가버려."

맥신이 말했다. 그녀는 레이의 손을 잡았다.

"이미 이 집에 충분히 해를 입히지 않았어? 가버려, L. D. 여길 나가서 우리를 평화롭게 있게 해줘."

"잊지 말아요. 그건 아빠 머릿속에 있어요."

"가고 있다구. 내가 말할 수 있는 건 그게 다야. 어디든 갈 거야. 이 정신병원에서 벗어나서. 중요한 건 그거야."

그는 마지막으로 거실을 한 번 둘러본 후, 여행가방을 다른 손으로 옮긴 다음 면도용품 가방을 팔에 끼웠다.

"연락하지, 레이. 맥신, 당신도 이 정신병원에서 나가는 게 좋을 거야."

"이 집을 정신병원으로 만든 건 당신이야. 이 집이 정신병원이라면, 그렇게 만든 건 바로 당신이야."

그는 여행가방을 내려놓고, 그 위에 면도용품 가방을 내려놓았다. 그는 몸을 일으켜세운 다음 그들을 마주했다.

그들은 뒤로 물러났다.

"조심해요, 엄마."

"겁낼 것 없어."

L. D.는 면도용품 가방을 팔에 낀 다음 여행가방을 들었다.

"그냥 한 마디만 더 하고 싶어."

하지만 그는 무슨 말을 해야 좋을지 생각해낼 수가 없었다.

레이먼드 카버 연보

1938년 5월 25일 오리건 주 클래츠케이니에서 레이먼드 카버 주니어 (이하 카버) 출생.

1956(18세) 야키마 고등학교를 졸업하고 아버지와 함께 캘리포니아 주 체스터의 제재소에서 일하다.

1957(19세) 야키마에서 16세의 메리앤 버크와 결혼하고, 약국 배달원으로 일하면서 밤에는 야키마 커뮤니티 칼리지의 야간강좌를 수강하다. 12월 2일 첫딸인 크리스틴 라레이 출생. 이 해는 카버에게 개인적으로 매우 중요한 해였는데, 그는 이때의 경험을 에세이 「정열」과 「내 아버지의 삶」에 기록하고 있다.

1958(20세) 캘리포니아 주 파라다이스로 이사하고 치코 주립대학의 강의를 듣다. 10월 19일에 둘째 아이 밴스 린지가 태어나다.

1959(21세) 존 가드너가 가르치는 치코 주립대학의 101 문예창작반을 수강하다.

1960(22세) 문예창작반 강의가 끝나자 캘리포니아 주 유리카로 이사하여 제재소에서 일하다. 문예지 2호(1960년 겨울호)에 첫 단편소설 「분

노의 계절」이 실리다.

1962(24세) 첫 희곡 「카네이션」이 홈볼트 대학에서 상연되다.

1963(25세) 문학사 학위를 받고 홈볼트 대학을 졸업하다. 아이오와 주로 이사하여 아이오와 작가 워크숍을 수강하다.

1964(26세) 캘리포니아 새크라멘토 머시 병원의 수위로 일하다.

1967(29세) 봄에 파산 신청을 하다. 6월 17일에 아버지 클레비 레이먼드 카버 사망. 과학 리서치 협회에 교과서 편집자로 취직하다. 캘리포니아 팔로 알토로 이사하여 작가이자 편집자인 고든 리시를 만나다. 단편 「제발 조용히 좀 해요」가 1967년도 『전미 최우수 단편소설』에 수록되다.

1970(32세) 아트 디스커버리 어워드 시(詩) 부문의 국립기금을 받다. 단편 「60에이커」가 1970년 '최우수 잡지 단편소설' 리스트에 오르고 카약 북스에서 시집 『겨울 불면』이 출간되다.

1971(33세) 〈에스콰이어〉 6월호에 「이웃 사람들」 게재. UC 샌타 크루즈의 문예창작반 강사로 초빙되다. 〈하퍼스 바자〉 9월호에 「뚱보」 게재.

1972(34세) UC 버클리에 강사로 초빙되다.

1973(35세) 아이오와 작가 워크숍의 강사가 되다. 단편 「무슨 일이요?」가 오헨리상 수상작에 포함되고 다섯 편의 시가 「미국 시의 새로운 목소리」에 실리다.

1974(36세) UC 샌타 바버라의 강사가 되지만 알코올 중독과 가정불화로 12월에 강사직을 사임하다. 아내와도 별거. 두번째 파산 신청.

1976(38세) 캐프라 프레스에서 시집 『밤에 연어가 움직인다』 출간. 메이저 출판사와 최초로 계약한 소설집 『제발 조용히 좀 해요』가 맥그로힐 출판사에서 나오다. 1976년 10월부터 1977년 1월까지 알코올 중독 치료를 위하여 네 번 입원하다. 아내와 별거하다.

1977(39세) 『제발 조용히 좀 해요』로 전미도서상 후보에 오르다. 캘리포니아 맥킨리빌로 이사하다. 1977년 6월 2일, 금주하기로 결심하다. 이날은 그의 인생의 전환점이 된 날로, 그는 이날부터 평생 술을 입에 대지 않는다. 11월에 캐프라 프레스에서 소설집 『분노의 계절』을 출간하다. 같은 달, 텍사스 주 댈러스에서 열린 작가회의에서 여성 시인 테스 갤러거와 만나다.

1978(40세) 구겐하임 기금을 수상. 텍사스 대학으로 이사하여 아내와 살 작정이었으나 결혼생활은 파경을 맞는다.

1979(41세) 1월부터 엘 패소에서 테스 갤러거와 함께 살기 시작하다.

카버는 시러큐스 대학 영문과 교수직을 제의받지만 창작에 전념해야 한다는 구겐하임 기금의 조건 때문에 이를 수락하지 않는다.

1980(42세) 아트 펠로십 소설 부문의 국립기금을 수상하다.

1981(43세) 4월에 랜덤하우스 계열사인 크노프 사에서 출간한 두번째 소설집 『사랑을 말할 때 우리가 이야기하는 것』 출간.

1982(44세) 9월 14일, 스승인 존 가드너가 오토바이 사고로 사망. 10월 18일에 아내와 정식으로 이혼.

1983(45세) 4월에 캐프라 프레스에서 에세이, 단편, 시를 모은 『정열』 출간. 미국 예술문학아카데미에서 주는 '밀드러드 앤드 해럴드 스트로스 리빙 어워드'의 수혜자가 되어 5년간 매년 3만 5천 달러를 받는다. 기금의 조건에 따라 시러큐스 대학 교수직을 사임하다. 9월에 크노프 사에서 소설집 『대성당』을 출간하고 전미도서상 후보에 오르다.

1984년(46세) 『대성당』이 퓰리처 상 후보에 오르다.

1985(47세) 랜덤하우스에서 시집 『물이 다른 물과 합쳐지는 곳』을 펴내다.

1986년(48세) 랜덤하우스에서 시집 『울트라마린』을 펴내다.

1987(49세) 단편 「심부름」이 『뉴요커』에 실리고, 테스와 유럽을 여행하다. 9월에 폐출혈이 있었고, 10월 1일에 폐절제수술을 받다.

1988(50세) 암이 도져 시애틀에서 방사선 치료를 받다. 6월에 암이 다른쪽 폐로 전이된 것이 발견되다. 테스와 네바다 주 리노에서 결혼. 마지막 시집 『폭포로 가는 새 길』을 완성하다. 애틀랜틱 먼슬리 프레스에서 『내가 전화를 거는 곳』을 출간하다. 미국 예술문학아카데미의 정식 회원이 되다. 8월 2일 오전 6시 20분, 아내 테스의 곁에서 수면중 사망하다.

옮긴이의 말

　레이먼드 카버를 처음 접하게 된 것은 그의 소설보다도 그의 소설을 영화화한, 로버트 알트만 감독의 영화 〈숏컷〉을 통해서였다. 〈숏컷〉은 카버의 단편 몇 편을 감독의 임의대로 뒤섞어 재구성한 작품으로 알트만 식의 냉정함과 기지가 돋보이는 영화였다. 그후 카버의 소설을 읽게 되면서 그 매력에 흠뻑 빠져들게 되었는데 어쩌면 그것은 당연한 일이었는지도 모르겠다.

　카버 소설의 묘미는 무엇일까? 그의 소설에 저절로 이끌리게 하는 매력은 무엇일까? 간결한 문체가 내장한 응집력과 폭발력, 미문이 아님에도 불구하고 그 문장들이 가진 서늘한 아름다움, 그리고 삶에 대한 관조의 시선 등을 들 수 있을 것이다.

　카버의 소설들이 대상으로 삼는 것들은 지극히 일상적인 것들이다. 그 일상은 주로 작가 자신의 체험과 관련된, 삶에 지친, 자포자기 상태에 처한 인물들의 일상이다. 그것은 오랫동안 손을 보지 않아 또는 손을 보고 싶은 의욕을 잃어버려 방치한, 벽지가 떨어져나가고, 못에 녹이 슬고, 창문이 덜거덕거리며, 부엌 탁자의 에나멜 칠이 벗겨져나간, 황량한 느낌이 드는 집에 비유될 수 있는 것이다.

거기에는 희망의 가능성이 보이지 않는다. 그럼에도 그의 손길을 거친 그 절망적인 일상들은 단지 일상적인 것에 그치지 않는다. 그것은 뒤집어진 일상이며, 그 안이 전혀 다른 각도에서 보이게 된 일상이다. 그리고 그것은 마치 유능한 외과의가 예리한 메스로 절개한, 그래서 우리도 모르게 자란 종양이 드러나 보이는 일상이다.

한마디로, 카버는 우리로 하여금 눈을 돌리고 싶게 만드는 그 일상의 내부를 들여다보게 한다. 그리고 거기서 우리가 보게 되는 것은 우리가 무사하다고 생각하는 일상의 내부에 때로는 미세하게, 때로는 심각하게 나 있는 흠과 금이다. 우리는 그것들을 보면서 가볍게 전율하거나 머리를 내젓게 된다.

또 한 가지 카버의 소설에서 중요한 요소로 작용하는 것은 우연성일 것이다. 그의 소설 속의 이야기들의 고리는 대체로 느슨하다. 계기들은 분명한 이유가 없이 작동하며, 인물들의 의식은 의

외의 방향으로 나아간다. 이러한 점은 그의 작품 곳곳에서 발견된다. 아마 그의 작품들이 어떤 포착할 수 없는 불안을 내포하고 있는 이유도 거기에 있을 것이다. 인과성을 유실한, 그래서 아무것도 예측할 수 없는 세계야말로 불안의 가장 큰 원천으로 작용할 것이다.

바로 그 때문에 카버의 소설을 읽는 것은 늘 다니는 길임에도 불구하고 안개가 짙게 껴 자칫 걸음을 헛딛게 되는 밤길을 걷는 것과 비슷한 경험을 안겨준다. 그리고 때로는 그 길이 갑작스럽게 가파른 절벽에서 끝나기도 한다. 그럴 때면 우리는 깊이를 알 수 없는 허공으로 떨어지는 것과 같은 느낌을 받게 된다. 카버의 소설은 그렇게 우리로 하여금 현기증을 일으키게 한다.

카버는 현실을 그리되 어떤 치장도 하지 않는다. 그는 삶이라는 사실의 부서지기 쉬움과 무상함을 있는 그대로 보여준다. 그것은 치부와 상처와 주름이 그대로 그려진 누드화와 비슷하다. 그래서 그가 보여주는 모습에 우리는 불편함을 느끼게 된다. 거기에는 말로 표현하기 어려운, 가슴을 압박하는 아픔이 있다. 그것은 마치 영화관에서 가슴 아프지만 아름다운 어떤 영화를 보고 난 후 곧바로 자리에서 일어나지 못하고, 자막이 모두 올라가고 음악이 그친 후에도 그대로 의자에 앉아 있게 될 때 느끼는 막연

함과 유사한 어떤 것이다.

2004년 겨울

정영문

지은이 **레이먼드 카버**

1938년 5월 25일 오리건 주에서 태어났다. 1976년 첫 소설집 『제발 조용히 좀 해요』를 발표했다. 1983년 그의 대표작이라 평가받는 『대성당』을 출간했으며, 이 작품으로 전미도서상과 퓰리처상 후보에 오른다. 소설집 『사랑을 말할 때 우리가 이야기하는 것』, 에세이, 단편, 시를 모은 작품집 『정열』, 시집 『물이 다른 물과 합쳐지는 곳』 『밤에 연어가 움직인다』 등을 펴냈다. '미국의 체호프'라 불리며 1980년대 미국 단편소설 르네상스를 이끌었다는 평가를 받는다. 레이먼드 카버는 1988년 암으로 사망했다.

옮긴이 **정영문**

서울대 심리학과를 졸업하고 1996년 『작가세계』 겨울호에 장편 『겨우 존재하는 인간』을 발표하며 작품 활동을 시작했다. 소설집 『검은 이야기 사슬』 『꿈』 『달에 홀린 광대』, 중편소설 『하품』 『중얼거리다』, 장편소설 『어떤 작위의 세계』 『핏기 없는 독백』 등을 펴냈으며, 『쇼샤』 『발견 : 하늘에서 본 지구 366』 등을 우리말로 옮겼다. 1999년 『검은 이야기 사슬』로 제12회 동서문학상을, 2012년 『어떤 작위의 세계』로 제43회 동인문학상을 수상했다.

문학동네 세계문학

사랑을 말할 때 우리가 이야기하는 것

1판 1쇄 2005년 12월 24일 | 1판 11쇄 2015년 2월 23일

지은이 레이먼드 카버 | 옮긴이 정영문 | 펴낸이 강병선
책임편집 박여영 | 디자인 이승욱 홍선화 | 저작권 한문숙 박혜연 김지영
마케팅 정민호 이미진 정진아 양서연 | 온라인 마케팅 김희숙 김상만 한수진 이천희
제작 강신은 김동욱 임현식 | 제작처 한영문화사(인쇄) 경일제책사(제본)

펴낸곳 (주)문학동네
출판등록 1993년 10월 22일 제406-2003-000045호
주소 413-120 경기도 파주시 회동길 210
전자우편 editor@munhak.com | 대표전화 031) 955-8888 | 팩스 031) 955-8855
문의전화 031) 955-1927(마케팅) 031) 955-8859(편집)
문학동네카페 http://cafe.naver.com/mhdn

ISBN 89-8281-723-9 03840

www.munhak.com